Die Kinder Karls des Großen

Eine deutsch-französische Freundschaft

von Günther Teufel

Inhalt

Copyright 2025 Günther Teufel

Verlag: BoD · Books on Demand GmbH, Überseering 33,

22297 Hamburg, bod@bod.de

Druck: Librii Plureos GmbH, Friedensallee 273, 22763 Hamburg

ISBN: 978-3-8192-4559-6

Kapitel 1

Erbfeinde oder Erbfreunde

„Georg, Georg, die Franzosen kommen!" Emma hastete aufgeregt die zehn Stufen zum Hauseingang hinauf und stürmte in die Küche, wo ihr Mann am Fenster stand und mit versteinerter Miene auf die Straße starrte.

„Das habe ich schon gestern erwartet", erwiderte er lakonisch. "Wir haben nichts Gutes zu erwarten, die Mannschaften bestehen zum großen Teil aus Marokkanern. Frauen sollten die Häuser nicht mehr verlassen".

Georg hatte während des ersten Weltkriegs als Feldwebel im *Zweiten Württembergischen Regiment König Wilhelm I.* als Ulan gedient und war schwer verwundet nach Hause gekommen. Sein Weltbild war von dieser Zeit geprägt, die *Wacht am Rhein* diente der Abwehr des Erbfeindes vom anderen Rheinufer. Diese Bastion war nun endgültig gefallen. Der Feind stand vor der Haustür. Es war der achtzehnte April 1945. Viele Bewohner von Oppenau, einem badischen Städtchen im Renchtal, hatten im Bunker unter dem *Bergsporn am Biesle* Schutz gesucht, weil sie damit rechneten, dass Oppenau von der Wehrmacht verteidigt würde und heftige Gefechte stattfänden. Aber gottlob: die deutschen Soldaten waren in Richtung *Löcherberg* abgezogen und die französischen Truppen trafen auf keinen Widerstand.

„Die Franzosen werden als Erstes Quartiere für sich suchen. Richte die Wohnung schön her, dann können wir mit etwas Glück Offiziere einquartiert bekommen", sagte Georg.

Er kannte den Krieg und war in der Soldatenehre tief verwurzelt. Man bekämpfte sich bis zur letzten Patrone, wenn der Gegner aber überwunden war und am Boden lag, hatte man ihn entsprechend seinem Dienstgrad mit Achtung zu behandeln. Es war seinem Sohn Kurt in späteren Jahren vorbehalten, über den Widersinn dieses Verhaltens ins Grübeln zu geraten.

Nachdem Kurt als 23jähriger Oberleutnant in der *Panzerdivision Göring* auf Sizilien nach verlustreichen Kämpfen in englische

Kriegsgefangenschaft geraten war und verwundet beim Abtransport auf der Bahre von einem englischen Offizier eine Zigarette gereicht bekam, stellte er sich beklemmt die Frage, ob er , Kurt, womöglich zuvor gerade diesen Mann mit seiner letzten Patrone ins Visier genommen hatte. Oder ob umgekehrt dieser ihn neutralisieren wollte. Ihm kam der Vergleich mit seinem Boxtraining in den Sinn, bei dem man im Sparring den Gegner mit gezielten Schlägen zu treffen versucht, ihn aber nach Ende des Kampfes nicht nur kameradschaftlich in den Arm nimmt, sondern ihn auch noch dafür lobt, dass ihm einige gute Treffer gelungen sind. Das war schon nur zu verstehen, wenn man sich für diesen Sport begeisterte. Dies hier war aber Krieg, das heißt, man geht mit Tötungsabsicht auf Menschen los, die man nie zuvor gesehen hat, denen man auch nichts vorzuwerfen hat, und die nur durch den Zufall ihres Geburtsortes eine andere Uniform tragen. Wird der Gegner nur verwundet, bleibt die Tötung also im Versuchsstadium stecken, kümmert man sich um sein Überleben. Warum dann erst auf ihn schießen? Cui bono? Kurt kamen Heerführer wie *Blücher* oder *von Trotha* in den Sinn, die zu ihrer Zeit in menschenverachtender Weise, aber konsequent, die Losung ausgegeben hatten „Es werden keine Gefangenen gemacht", der eine vor seinem Eingreifen bei *Waterloo*, der andere bei der Verfolgung der Herero nach der Schlacht am *Waterberg*. Er schämte sich in diesem Augenblick dafür, als Wehrmachtssoldat in der Tradition solcher Verbrecher zu stehen.

Die Frage, die er sich selbst gestellt hatte, welchen Sinn es macht, einen Menschen vorsätzlich zu verletzen, um dann mit den verfügbaren medizinischen Mitteln für seine Genesung zu sorgen, blieb unbeantwortet. Weder der Humanismus noch die Aufklärung haben es vermocht, den Menschen nahezubringen, dass Töten ohne persönliches Motiv noch unter dem Niveau wilder Tiere liegt. Es ist den großen Vordenkern nicht einmal gelungen, die Segnung von Waffen durch kirchliche Würdenträger als wahre Blasphemie zu entlarven. Auch die 1907 verabschiedete Haager Landkriegsordnung manifestiert letztlich nur den Widersinn, ein wenig Menschlichkeit in das eigentlich Unmenschliche zu bringen. Jahrzehnte später riss der französische Diplomat *Paul Valérie* dem kriegerischen Geschehen die Maske vom Gesicht:

Krieg ist ein Massaker von Leuten, die sich nicht kennen, zum Nutzen von Leuten, die sich kennen, aber nicht massakrieren.

Damit traf er den Punkt, dass nämlich die in bequemen Sesseln gut versorgten Strategen des Krieges nicht diejenigen sind, die ihre Haut auf dem Schlachtfeld zu Markte tragen.

Der Fehler liegt im System, das alte Menschen entscheiden lässt, junge Menschen in den Krieg zu schicken. Würde die Wehrpflicht nicht die Zwanzigjährigen, sondern die Fünfzig- bis Siebzigjährigen treffen, gäbe es wohl kaum Kriege, weil die Entscheider in der Blüte ihrer politischen Karriere selbst an die Front müssten, um mit dem Einsatz ihres Lebens der Generation der Zwanzigjährigen den Aufbau einer besseren Weltordnung zu ermöglichen. Auch bliebe den jungen Frauen erspart, Mesalliancen mit den vom Krieg verschonten alten Männern eingehen zu müssen, weil die jungen Männer im passenden Lebensalter auf den Schlachtfeldern geblieben sind.

Kurt hatte keine Vorstellung davon, was auf ihn zukommen würde, er empfand nur tiefe Dankbarkeit für die Geste des englischen Offiziers, die ihn hoffen ließ, dass sein Leben weitergehen werde.

Seinem Vater Georg waren Überlegungen zum Sinn und Unsinn kriegerischer Auseinandersetzungen fremd. Ob Angriffs- oder Defensivkrieg: wenn der Kaiser ruft, hat der Soldat zu marschieren. Und der Sieger bedient sich beim Besiegten. Und schafft eine neue Ordnung, die der Besiegte zu respektieren hat. Er war daher nicht überrascht oder gar entrüstet, als am nächsten Tag eine Delegation des französischen Quartiermeisters in Begleitung einer Dolmetscherin das Haus in Augenschein nahm und mitteilen ließ, dass ein französischer Leutnant in Begleitung seiner Frau das Wohn- und Schlafzimmer sowie das Bad belegen würden. Emma war dagegen wesentlich aufgeregter, sie schwankte zwischen Erleichterung und Furcht. Erleichtert war sie darüber, dass ein Ehepaar einziehen würde, weil die junge Verlobte ihres Sohnes bei ihnen wohnte und den Franzosen, auch wenn sie eigentlich Feinde waren, der Ruf unwiderstehlicher Galanterie vorauseilte. Wie wertvoll der Schutz eines französischen Offiziers gegen übergriffige Soldaten sein konnte, sollte sie erst später erfahren.

Georg und sie hatten ihr Haus zu Beginn des Krieges gebaut, als fest stand, dass ihr Sohn Kurt statt des geplanten Medizinstudiums in die Wehrmacht eintreten und in den Krieg ziehen würde. Die für das Studium zurückgelegten Zwanzigtausend Reichsmark wurden für das Haus verwendet. Emma und Georg waren stolz auf ihr Haus. Sie lebten in bescheidenem Wohlstand. Georg hatte es als Ingenieur zum Betriebsleiter gebracht und sie waren in das gesellschaftliche Leben im Ort gut integriert. Emma war es bis dahin nicht gewohnt, fremde Menschen zu beherbergen. Musste sie nun Hausmagd spielen? Würden die unerbetenen Gäste in Siegerpose auftreten? Allerdings hatte sie aus den Erzählungen ihres Mannes die Überzeugung gewonnen, dass Offiziere ungeachtet ihres Kriegshandwerks gebildet und kultiviert seien. Da ihr Sohn Kurt ebenfalls Offizier war, trug sie diese Überzeugung bereitwillig im Herzen, und sie stellte sich vor, wie es wäre, wenn er irgendwo im Feindesland Quartier zu nehmen hätte. Dann sollte er doch auch so freundlich wie die Umstände es zuließen aufgenommen werden. Also nahm sie sich fest vor, das französische Ehepaar mit möglichst unbefangener Freundlichkeit zu empfangen. Um Georg machte sie sich keine großen Sorgen, sie wusste, dass er sich pragmatisch und mit Fatalismus in die Rolle des Besiegten fügen würde. Die Parolen der Nazis waren ihm seit der Reichskristallnacht verdächtig geworden, und den Glauben an einen Endsieg hatte er nie gehabt. In gewisser Weise hatte er vorausgesehen, was nun eingetreten war.

„Bonjour, je suis le Lieutenant René Haure", stellte sich noch am Abend desselben Tages der französische Offizier bei Emma und Georg vor. Er war in Begleitung seiner Frau, deren Vornamen Georgette sie später erfahren sollten. Der Franzose war von mittlerer Größe, hatte volles dunkles Haar und sah in seiner gut sitzenden Uniform ausgesprochen stattlich aus. Georgette war so, wie man sich eine Französin vorstellte, zierlich mit braunem Haar und in ein elegantes Kostüm gekleidet .Sie trug über einer weißen Bluse einen gelben Blazer, der einen auffälligen Kontrast zu ihrem schwarzen Rock bildete. Der Unterschied zu der Kleidung der deutschen Frauen nach langen Kriegsjahren war beeindruckend. Dazu hatte sie ein hübsches Gesicht mit freundlichen Augen. Emma gab es einen kleinen Stich ins Herz, weil sie unwillkürlich an ihren Kurt denken musste, der bei seinem letzten Heimaturlaub vor nunmehr drei Jahren, als er seine Verlobte, Nelly,

vorstellte, ähnlich schneidig wie der französische Leutnant erschien. Und Nelly war mit ihren achtzehn Jahren eine holländische Schönheit, groß und blond mit sportlicher Figur und wunderschönen grünen Augen. Emma wünschte sich, die beiden jungen Paare hätten sich ohne Kriegswirren kennenlernen können. In ihrer Phantasie entstand, ohne dass sie sich dessen bewusst war, ein kleiner kerneuropäischer Nukleus aus Franzosen und Deutschen. Sie sollte die Realisierung ihres Traumes leider nicht mehr erleben.

Der Leutnant und seine Frau ließen sich die Räumlichkeiten zeigen und äußerten sich in einer Art und Weise anerkennend, die bei Emma spontan Sympathien für das junge Paar weckte. Wie lange sie wohl schon verheiratet waren? Wo lebten sie in Frankreich? Was machten sie im zivilen Leben? Während Emma diesen Gedanken nachhing, erklärte der Leutnant mit Hilfe der Dolmetscherin, dass für die Reinigung ihrer Räume eine Ordonnanz sorgen werde.

„Wir haben uns diesen Krieg nicht ausgesucht, werden aber bemüht sein, Ihre Lebensumstände so wenig wie möglich zu beeinträchtigen“, fügte er hinzu.

Emma bedankte sich mit den Worten:

„Ich weiß, dass unser Volk sich schuldig gemacht hat und will Ihnen und Ihrer Frau den Aufenthalt so angenehm gestalten wie das in unserer Macht steht“.

Sie holte dann Nelly herbei und stellte sie als Verlobte ihres Sohnes vor. Nelly sprach ein wenig Schulfranzösisch und erklärte in holprigen Worten, dass sie Niederländerin sei und durch die Kriegsereignisse in Süddeutschland gestrandet war; sobald ihr Verlobter aus der Kriegsgefangenschaft in den Vereinigten Staaten entlassen werde, wolle man heiraten. Das Ehepaar Haure war von dem Versuch, sich mit ihnen in ihrer eigenen Sprache zu unterhalten, erkennbar angetan und Emma registrierte zufrieden, dass die beiden jungen Frauen mit wechselseitigem wohlwollendem Interesse aufeinander reagierten.

In den ersten Wochen lebte man unspektakulär nebeneinander her. Der Leutnant ging morgens zu seiner Dienststelle und seine Frau las viel oder begleitete ihn gelegentlich. Nelly hätte gerne näheren Kontakt zu der Französin geknüpft, wagte es aber nicht, sie direkt anzusprechen. Zu gerne hätte sie in Erfahrung gebracht, ob den Franzosen die Gerüchte von Übergriffen durch Marokkaner, die im Städtchen die Runde machten, bekannt waren. Man erzählte, sie würden sogar nachts in die unverschlossenen Häuser eindringen und sich an Frauen vergehen. Auf der Straße fragten sie kleine Jungs: *,Du haben Swester?'* Nelly nahm immer ein Küchenmesser mit, wenn sie zu Bett ging, aber die Angst blieb. Nicht zu Unrecht, wie sich einige Zeit später zeigen sollte.

Nelly hatte wie gewohnt nach dem Abendessen ihrer künftigen Schwiegermutter beim Aufräumen der Küche geholfen, sie hatten noch ein wenig geplaudert, dann war sie zu Bett gegangen. Sie hatte wie immer noch im Bett gelesen und war dann eingeschlafen. Es kam oft vor, dass sie träumte und immer dann, wenn der Traum sie in eine ausweglose Situation führte, erschrocken aufwachte. So war es jetzt auch. Sie schreckte hoch, weil sie glaubte, die Tür habe sich leise knarrend geöffnet. Nur war es diesmal kein Traum, sondern sie sah, noch schlaftrunken, wie sich die Zimmertür tatsächlich öffnete und ein großer Schatten, gefolgt von einem weiteren sich ihrem Bett näherte. Sie wollte aufspringen, doch der Schatten stürzte sich auf sie und versuchte mit einer Hand die Decke wegzuziehen während die andere Hand sich auf ihren Mund drückte, um sie am Schreien zu hindern. Es gelang Nelly aber doch, einen lauten Schreckensschrei auszustoßen, bevor sie wild um sich schlagend sah, dass der zweite Schatten ein Gewehr auf sie richtete und drohend wisperte:
„Du still – wir wollen schlafen".
Nelly erstarrte in Todesangst und nahm erst jetzt den übelriechenden Atem aus einem dunklen Gesicht wahr. An ihr Küchenmesser dachte sich nicht, es lag auch unerreichbar in der Nachttischschublade.

Das Ehepaar Haure war zum Abendessen im provisorisch hergerichteten Offizierskasino gewesen und hatte die milde Abendluft zu einem Spaziergang nach Hause genutzt. Das Städtchen war dank des Rückzugs der deutschen Soldaten von Zerstörungen verschont geblieben und bot eine typische Schwarzwälder Idylle. Entlang der *Rench*, dem kleinen Flusslauf, der den Ort durchquerte, standen in dichter Reihe bunte Häuser, unter denen das Gasthaus mit Terrasse durch seine Größe und Bemalung mit Jagdmotiven hervorstach. Dort war das Offizierskasino untergebracht. Man lief von hier die Hauptstraße entlang in Richtung zum Ottersberg, wo das Haus von Emma und Georg weit oben in der letzten Straße lag. Der Weg führte an einem kleinen Park mit Musikpavillon vorbei. In der Dunkelheit lag der Park verlassen und finster da, und man konnte sich nur mit viel Phantasie vorstellen, dass hier im Sommer reges, fröhliches Treiben herrschte. Der Weg auf den Ottersberg war steil und Georgette geriet außer Atem. Sie erinnerte ihren Mann leicht vorwurfsvoll daran, dass man nicht auf einem Feldmarsch war und sich etwas Zeit nehmen könne. René entschuldigte sich mit den Worten:

„Excuse Chérie, seit meiner Spezialausbildung kenne ich nur noch Laufschritt. Ich werde mich an das zivile Leben gewöhnen müssen, wenn das hier vorbei ist".

Nach ihrer Ankunft im Haus unterhielten sie sich noch lange über ihre Pläne für das Leben nach dem Krieg. Dann gingen sie schlafen.

René wurde durch einen kurzen schrillen Schrei aus dem Haus wach. Seine Instinkte waren durch Kriegserfahrung geschärft und ihm war sofort deutlich, dass hier jemand in Not verkehrte. Er kannte die Mentalität der marokkanischen Soldaten, hatte natürlich von den Übergriffen auf die Zivilbevölkerung gehört und ahnte Böses. Er warf sich einen Morgenrock über, griff seine Dienstpistole und stürzte aus dem Zimmer. Auf dem Weg in das untere Geschoss begegnete er Georg, der auf seinem Gehstock humpelnd auf dem Weg zu Nellys Zimmer war. René zeigte auf seine Waffe und wies ihn an, beiseite zu bleiben.

„Greifen Sie bloß keinen französischen Soldaten an, egal was der macht. Ich regele das".

Er sah die offenstehende Tür, aus der undefinierbare gedämpfte Geräusche kamen und betrat mit der Pistole im Anschlag den Raum. Was er sah, trieb ihm die Zornesröte ins Gesicht. Ein Marokkaner hatte den Lauf seines Gewehrs auf Nelly gerichtet, von der nur der blonde Schopf zu sehen war, weil ein zweiter Marokkaner sich über sie geworfen hatte und mit einer Hand ihren Mund zuhielt, während er mit der anderen Hand an der Decke zerrte. René rief im Befehlston:

„Gewehr fallen lassen und Hände über den Kopf!"

Da er im Schlafrock nicht als französischer Offizier zu erkennen war, glaubte der mit dem Gewehr bewaffnete Marokkaner offenbar, er habe es mit einem Zivilisten zu tun. Statt dem Befehl nachzukommen, schwenkte er den Gewehrlauf weg von Nelly, um den Eindringling ins

Visier zu nehmen. Der andere Marokkaner gab seinen Versuch, der heftig um sich schlagenden Nelly die Decke wegzuziehen, auf und sprang hoch, um sich auf René zu stürzen.

Die beiden hatten sich mit dem Falschen angelegt. René war als *tireur d'elite* mit Schusswaffen so vertraut wie ein Zauberer mit seinem Hut. Er war darin ausgebildet, in jeder Körperhaltung schnell und gezielt zu schießen. Wahrscheinlich verdankten die beiden Übeltäter dieser Fähigkeit des französischen Offiziers ihr Leben. Denn während der normale Soldat lernt, auf das Koppelschloss des Gegners zu zielen, um den Impact irgendwo zwischen Brust und Bauch zu setzen, schoss René in blitzschneller Abfolge zuerst dem bewaffneten Marokkaner in die Schulter, sodass dieser mit einem Schmerzensschrei das Gewehr fallen ließ, und sodann dem anderen in den Oberschenkel. Beide Marokkaner waren außer Gefecht gesetzt. Sie kauerten stark blutend und vor Schmerzen laut stöhnend auf dem Boden. René stellte sich als französischer Offizier vor und wies die beiden in barschem Ton an, sich bis zum Eintreffen der Militärpolizei nicht zu rühren. Die Schüsse hatten die Nachbarschaft alarmiert und es dauerte nicht lange, bis bewaffnetes Militär eintraf. Der Leutnant erklärte die Situation und die beiden Marokkaner wurden unsanft weggeschafft.

Nelly und Emma begannen, das Blut der verwundeten Marokkaner aufzuwischen und blickten ungläubig auf, als die Frau des Leutnants sich helfend zu ihnen gesellte. Emma schleppte immer wieder Wasser und Putzlappen heran, während die beiden jungen Frauen auf dem Boden kniend das Blut aufwischten und die Putzlappen im Wasser ausspülten. Sie waren fast eine Stunde beschäftigt. Als sie ihre Arbeit beendet hatten, setzten sie sich zu Georg und René in die Wohnküche. An Schlaf war vorerst nicht zu denken. Sie saßen lange zusammen, um Nelly nicht alleine zu lassen. Georg sagte nichts, aber der französische Leutnant wiederholte mehrfach die Entschuldigung seiner Nation. Er erklärte, wie schwierig es sei, den Marokkanern die erforderliche Disziplin abzuverlangen, und dass es immer wieder zu derartigen Vorfällen komme, die zu seinem Bedauern nicht mit der gebotenen Strenge geahndet würden. Er wisse, dass die deutsche Wehrmacht dies beim Westfeldzug anders gehandhabt habe; im besetzten Frankreich 1940 seien übergriffige Soldaten wiederholt standrechtlich erschossen worden. Die beiden Marokkaner würden in diesem Fall aber auch füsiliert, weil sie einen französischen Offizier angegriffen hatten. Dies machte Nelly trotz der erlittenen Todesangst doch betroffen, weil sie neben den Vergewaltigungsgerüchten auch Gutes über die Marokkaner aus dem Städtchen gehört hatte. Man erzählte, dass eine alte Frau von der Leiter gefallen sei und hilflos auf dem Boden gelegen habe, bis mehrere Marokkaner sie ins Haus zu den Angehörigen gebracht hätten mit dem Hinweis: *'Oma .... Kaputt'*.

Zu Nelly und Emma gewandt sagte René: „Ich habe nächste Woche in Baden-Baden einen Termin beim General Laffon, dem Chef des *Conseil de Contrôle pour l'Allemagne.* Ich möchte Ihnen gerne etwas mitbringen aus dem *Économat,* unserem Kaufhaus für die Truppen. Machen Sie mir eine Liste, was Sie brauchen können. Meine Frau wird Ihnen dabei helfen, damit Ihr Wunschzettel nicht zu sparsam ausfällt".

Nelly war noch Tage lang vom Schrecken gezeichnet. Die Frau des Leutnants kümmerte sich mit viel Einfühlungsvermögen um sie, lud sie zum Kaffee, erzählte von ihrem Leben in Frankreich und interessierte sich auch für Nellys Leben in Holland. In einem dieser vertraulichen Gespräche fragte sie Nelly, wie es kam, dass sie in Kriegszeiten einen deutschen Offizier habe kennenlernen können, da Deutschland doch Besatzungsmacht war. Nelly erklärte:

„Mein Vater betreibt einen Steinhandel, die Holländer brauchen für Landgewinnung und Uferbefestigungen viel steiniges Material, das in Holland nicht vorkommt. Er ist an Steinbrüchen im Westerwald beteiligt, hat in Deutschland viele Geschäftsfreunde und ist deshalb deutschfreundlich. Wir wohnten in der Nähe von Arnheim und mein Vater besuchte regelmäßig sein Stammlokal, in dem auch Deutsche verkehrten. Dort traf er eines Abends auf Kurt, kam mit ihm ins Gespräch und nach einigen Treffen lud er ihn zu uns nach Hause ein. Das tat er wohl auch, um dem stolzen deutschen Offizier ein wenig zu imponieren, denn wir bewohnten in *Oosterbeek* ein sehr schönes großes Haus mit eigenem Tennisplatz. Meine beiden Schwestern umgarnten Kurt sofort, aber nun ja – er hatte nur Augen für mich. Als er während seiner Stationierung in Arnheim eine Woche Heimaturlab bekam, durfte ich mitfahren, nachdem wir uns verlobt hatten. Zu seinem Vater Georg hatte ich von Anfang an ein schwieriges Verhältnis, der war Chauvinist und verstand nicht, dass sein Sohn eine Ausländerin zur Frau nehmen wollte. Emma hat dies aber mehr als ausgeglichen, sie war ab dem ersten Tag für mich eine mütterliche Freundin. Als meine Familie nach der Vertreibung der deutschen Wehrmacht aus den Niederlanden fliehen musste, um nicht als deutschfreundliche Kollaborateure verhaftet zu werden, stand für mich fest, dass ich versuchen würde, mich nach Oppenau durchzuschlagen".

Diese Unterhaltungen halfen Nelly sehr und sie schloss Georgette – die Frauen duzten sich inzwischen – in ihr Herz. René, auch ihn durfte Nelly mit Vornamen ansprechen, versorgte sie alle reichlich mit allem, was der *Économat* hergab. Die Schrecken des Krieges waren für das hübsche Haus am Ottersberg und seine Bewohner zunächst gebannt.

Nelly hatte Feldpost von Kurt aus Amerika erhalten. Seine Entlassung aus der Kriegsgefangenschaft stand bevor. Nun wurde ihr doch wieder etwas bange. Wie würden ein deutscher und ein französischer Offizier unter einem Dach miteinander umgehen? Sie teilte ihre Sorgen Emma mit. Diese entgegnete beruhigend:

„Ich kenne meinen Kurt. Der ist zwar mit Begeisterung Soldat geworden und war stolz, als er Offizier wurde. Der Krieg hat ihn aber verändert. Er sagte mir einmal bei einem seiner Heimaturlaube: ‚Mutter, ihr hättet mich besser zum Medizinstudium gezwungen. Ich habe Dinge erleben müssen, die mich zweifeln lassen, dass das, was wir tun, unserem Volk oder irgendeiner guten Sache dienlich ist. Ich liege nachts manchmal wach und schäme mich dafür, dass ich meinen Soldaten am nächsten Morgen zu sagen habe, es gelte jetzt, das Vaterland unter Einsatz des eigenen Lebens vor dem Feind zu retten. Ich sehe die ängstlichen Gesichter der Frauen und Kinder in fremden Ländern, deren Häuser wir zerstört haben, und frage mich, warum wir das tun. Viele meiner Soldaten wissen, dass ihre Familien in der Heimat dafür irgendwann bezahlen müssen'. Ich weiß nicht, was er in der Kriegsgefangenschaft erlebt hat, aber ich bin sicher, dass er die Soldateska mit ihrer Illusion vom tapferen Soldaten hinter sich gelassen hat. Er wird unsere Zuneigung zu René und Georgette teilen".

Nellys Nervosität stieg mit jedem Tag, sie konnte Kurts Ankunft kaum erwarten. Sie lief täglich zum Bahnhof, schaute nach jedem Zug, ob er ihr Kurt bringen würde. Sie konnte sich im Städtchen frei und ungefährdet bewegen, weil sich der Vorfall mit den Marokkanern hinter vorgehaltener Hand herumgesprochen hatte und jeder wusste, dass sie unter dem Schutz eines französischen Offiziers stand. Manchem

Alteingesessenen stieß dies unangenehm auf und man raunte sich zu „Das kommt nur, weil die Holländerin ist...“

Als Kurt dann ausgezehrt aber unversehrt eintraf und Nelly in die Arme schloss, konnte er vor Glück und Rührung lange kein Wort über die Lippen bringen. Auf dem Heimweg bereitete Nelly ihn dann darauf vor, was ihn erwartete.

„Wir müssen am Ottersberg etwas zusammenrücken, weil wir Freunde zu Gast haben“, sagte sie.

Kurt blickte sie verständnislos an.

„Wie kann man denn jemanden kurz nach dem Krieg einladen, es ist doch alles knapp?“

„Na ja, von Einladung kann man nicht direkt sprechen, es handelt sich um einen französischen Offizier und seine Frau, die bei uns einquartiert wurden“.

Kurt versteifte sich merklich.

„Also Besatzungsmacht..“, äußerte er etwas formell, „das hätte ich mir denken können“.

Nelly umarmte ihn und sagte:

„Sei nicht voreingenommen, lass den Krieg hinter dir. Deine Mutter und ich haben die beiden schon fest ins Herz geschlossen, wir verdanken ihnen sehr, sehr viel. Und auch dein störrischer Vater sagte neulich zu Emma, er habe sich nie vorstellen können, dass Franzosen so korrekte und freundliche Menschen sind“.

Als sie zu Hause angekommen waren und Emma ihren Sohn in die Arme schloss, flossen ihre Tränen in Strömen. Wie viele Nächte hatte sie schlaflos um ihn gebangt, wie viele junge Männer hatten ihr Leben gelassen? Wofür? Selbst Georg zeigte Zeichen der Rührung und umarmte seinen Sohn.

Während sie noch zusammen saßen, klopfte es an der Tür und Georgette trat ein. Sie wollte den Sohn des Hauses begrüßen und hatte ein Pfund Bohnenkaffee mitgebracht – eine Kostbarkeit in diesen Zeiten. Etwas schüchtern drückte sie Kurt die Hand und sagte, Nelly habe so viel von ihm erzählt, dass sie froh sei, ihn endlich zu Hause kennenlernen zu können. Kurt musste sich zwingen, ihr in die Augen zu sehen; er schämte sich abgrundtief für seine soldatische Vergangenheit. Vor fünf Jahren war er mit seinen Spähpanzern in Frankreich eingefallen und wurde nach verlorenem Krieg von dieser Französin,

Ehefrau eines Offiziers der feindlichen Macht, so ausgesucht freundlich begrüßt. Dieser Augenblick offenbarte ihm den ganzen Wahnsinn des Krieges, er empfand heftige Reue für die Stunden des Triumphes, wenn Schlachten erfolgreich geschlagen waren.

René konnte sich früher als üblich vom Dienst freimachen und er fand für Kurt besondere Worte, die diesem sein Leben lang im Gedächtnis bleiben sollten.

„Ich bin der Leutnant Haure und diene meinem Vaterland noch einige Monate. Sie haben Ihre Pflichten erfüllt und sind jetzt Zivilist. Ihre Familie hat meine Frau und mich so herzlich aufgenommen, dass der Anlass unseres Aufenthalts in Ihrem Haus in Vergessenheit geraten ist. Ich biete Ihnen die Freundschaft an, die meine Frau und mich bereits mit Ihrer Familie verbindet".

Sie wurden Freunde. Kurt lernte René als strukturierten und disziplinierten Mann kennen, der in Diskussionen abwägend und überlegt argumentierte. Er fragte sich immer wieder, welche diabolischen Kräfte gewirkt haben mussten, um Menschen, die sich so ähnlich sind und in wechselseitiger Verbundenheit verkehren, gegeneinander ins Feld schicken zu können. Kurt und René unterhielten sich oft über ein Europa nach dem Krieg. Dass René seine aktuellen Dienstpflichten zu verrichten hatte, störte nicht. Beide berieten ihr europäisches Modell auf der Grundlage ihres persönlichen Verhältnisses, das sie jugendlich ungetrübt zum Leitfaden für alle erhoben.

Maßgeblichen Anteil am Entstehen dieser französisch-deutschen Keimzelle hatte Maya Gugger, die zunächst als Dolmetscherin offiziell eingesetzt war, dann aber zur persönlichen Freundin der beiden jungen Paare wurde. Sie hatte als Journalistin in Offenburg begonnen, war dann lange Jahre in Frankreich im Verlagswesen tätig gewesen und nach dem Tod ihres Mannes mit dreiundfünfzig Jahren nach Oppenau gekommen, wo sie von ihrer Hinterbliebenenrente lebte. Sie half nicht nur bei der zuweilen holprigen Unterhaltung der jungen Leute, sie ironisierte auch ungezwungen die militärischen Aktivitäten beider Herren, die das mit peinlichem Schweigen quittierten. Das amüsierte deren Damen und mancher Abend schloss mit der übereinstimmenden Feststellung, dass Deutschland und Frankreich nur bei Froschschenkeln und Spätzle unversöhnlich blieben. Man philosophierte auch gelegentlich darüber, wie es gekommen wäre, wenn das Reich Karls des Großen nicht durch Erbteilung und den später aufkommenden Nationalismus zersplittert wäre.

„Dann wäre Paris eine Kleinstadt geblieben und die Champs-Elysées lägen in Aachen", spottete Kurt.

„Berlin wäre dann wahrscheinlich ein polnisches Dorf und euer Kaiser ein Kolchosenbauer geworden", entgegnete René mit ironischem Lächeln.

Da die Geschichte nun mal einen anderen Verlauf genommen hatte, waren sie sich darin einig, dass Frankreich und Deutschland mit Blick auf die Vergangenheit eine besondere Verantwortung für ein friedliches Europa trugen.

Als die Zeit des Abschieds kam, erklärte René, er werde den Militärdienst aufgeben und sein Ingenieurstudium fortsetzen. Georgette war inzwischen schwanger und die beiden wollten nach *Tarbes* am Rande der Pyrenäen, in ihre alte Heimat ziehen. Kurt und Nelly planten ihre Hochzeit und überlegten, ob Kurt dem Rat seines Vaters folgen und dessen Nachfolge in der überregional bekannten *Kammerkirsch* antreten oder dem Wunsch Nellys folgend in den Steinhandel seines künftigen Schwiegervaters eintreten sollte.

Als der Zug nach Offenburg einfuhr, hatten Nelly und Georgette Tränen in den Augen. Kurt und René drückten sich lange die Hände. Von Offenburg würde es nach Lyon und von dort weiter in den Süden gehen.

Die kurze gemeinsame Zeit in Oppenau hat aus René, Georgette, Kurt und Nelly Freunde werden lassen, obwohl die jeweilige Staatsräson sie zuvor zu feindlichen Individuen erklärt hatte. Wie die späteren Ereignisse zeigten, war diese Freundschaft nicht auf die Zeit in Oppenau begrenzt und nicht Ergebnis einer Schicksals- oder Zweckgemeinschaft, die sich durch Zeitablauf erledigt und auf angenehme Erinnerungen beschränkt bleibt. Es gab offenbar eine vielleicht unbewusste Basis gemeinsamer Anschauungen, eine übereinstimmende Werteordnung, die auf identische kulturelle Herkunft hinweist.

Ein Blick in die Vergangenheit zeigt, dass die nationalistischen Auswüchse, die am Ende darin kulminierten, den Rhein als Grenze zum Erbfeind zu deklarieren, eine Übergangsphase waren, die mit König Konrad von Franken begonnen hatte und mit Konrad Adenauer beendet wurde. In der Zeit davor, man kann sagen, von dem Merowinger Chlodwig bis zu den Verträgen von Verdun und Ribémont waren Franzosen und Deutsche ohnehin unter einem Dach, es gab kein Frankreich oder Deutschland. Die hohe Zeit der Gemeinsamkeiten fand sich unter Karl dem Großen, er wusste die jeweiligen Stärken zu nutzen. *Leopold von Ranke* hatte ihn den „Patriarchen des Kontinents" genannt. Trotz teilweise berechtigter Kritik an dieser Charakterisierung sollte er dies für die westlichen Kernregionen der EU auch bleiben. Sie alle vereinnahmen ihn als *ihren* Kaiser, selbst die Stadt Nijmegen beruft sich auf die von ihm errichtete Pfalz *Valkhof.* Es ist wahrscheinlich, dass die EU mit einem *Carolus Magnus* ohne Multi-Kulti und Osterweiterung heute eine stabilere und weltpolitisch bedeutsamere Institution darstellen würde. Für Frankreich und Deutschland jedenfalls zeigt die Rückbesinnung auf gemeinsame Geschichte, dass sie nicht *Erbfeinde*, sondern in Wahrheit *Erbfreunde* sind.

Kapitel 2

Ein Klosterschüler in Paris

Der gerade sechzehn Jahre alte Karl winkte seinen Eltern aus dem Fenster des Zugabteils zum Abschied zu, dann verstaute er sein Gepäck und setzte sich. Es war nicht seine erste Reise nach Paris, aber er war doch aufgeregt und gespannt auf das, was ihn erwartete. Er hatte sich die Ankunftszeit und den Bahnsteig am *Gare du Nord* in Paris genau eingeprägt und hoffte, dass sein Freund Christian ihn pünktlich dort abholen würde. Eine Woche würde er bei Christian verbringen.

Sie kannten sich inzwischen gut, nachdem Christian bereits zweimal bei ihm zuhause und er zusammen mit den Eltern zu einem Wochenendbesuch in Paris bei Christians Familie gewesen war. Christian wohnte mit seinen Eltern, René und Georgette Haure, und seinen beiden Geschwistern, der zwei Jahre älteren Schwester Danièlle und dem drei Jahre jüngeren Bruder Patrice, in einer Dienstwohnung des Vaters in einer Feuerwehrkaserne. Christians Vater war Kommandant der *Sapeurs-Pompiers de Paris.* Karl erinnerte sich noch gut an diesen Besuch.

Die Kaserne lag mitten in der Stadt, in der *Rue Blanche,* nicht allzu weit entfernt von der *Place Pigalle,* und Karls Vater hatte es nicht leicht gehabt, sich im Pariser Verkehr zurechtzufinden. Als sie den Triumphbogen erreicht hatten, und Kurt auf dem sechsspurigen Kreisverkehr mehrmals dieses Monument vergangener nationaler Größe umrundet hatte, meinte Nelly mit einem Stadtplan auf dem Schoß, man habe das Bauwerk jetzt hinlänglich von allen Seiten betrachtet und könne jetzt in die *Avenue de Wagram* abbiegen.

„Ja, ja", hatte Kurt leicht entnervt erwidert, „ich muss nur in die äußere Spur kommen, um den Kreisverkehr verlassen zu können". Das war tatsächlich nicht leicht, weil ständig von rechts in den Kreisverkehr einfahrende Fahrzeuge Vorfahrt hatten und den Spurwechsel zu einem kämpferischen Unterfangen werden ließen. Karl hatte auf dem Rücksitz mitgefiebert und sich mit Bangen gefragt, ob sie jemals heil ankommen würden. Als sie schließlich in die *Rue Blanche* einbogen, war Karl überzeugt, man habe sich jetzt endgültig verfahren. In solch einer kleinen Straße, eher eine Gasse, konnte doch keine Feuerwehrkaserne liegen! Er hatte sich getäuscht, vor dem Gebäude, in dem die *Sapeurs Pompiers* untergebracht waren, sprang die Häuserreihe zurück und gab Raum für eine Einfahrt mit einem gewaltigen Tor, das auch der Zufahrt zu einem Schloss gut zu Gesicht gestanden hätte. Der Posten in Uniform verlieh dem Ganzen ein fast feudalistisches Gepräge. Karl erfuhr später, dass die *Sapeurs-Pompiers* dem Militär zugeordnet waren.

Der Empfang war dann geradezu triumphal gewesen. Der Posten hatte dem deutschen Mercedes sofort das Tor geöffnet und militärisch salutiert. Karl hatte den leisen Verdacht gehegt, dass sein Vater sich an die Besetzung von Paris durch Nazideutschland erinnerte, und ihn innerlich dafür verflucht.

Aber diese Gedanken waren sofort verflogen, denn bei der Einfahrt in den Kasernenhof erklang schallend ein deutsches Trinklied aus dem populär-vulgären Bereich, das Christian bei seinem letzten Besuch von Karl und dessen Zechkumpanen erlernt und auf Schallplatte als

Geschenk für seine Eltern mitgenommen hatte (*„Das kommt vom Rudern, das kommt vom Segeln…"*). Karls Mutter hatte Kurt mit unterschwelliger Entrüstung fragend angeschaut. Dieses Lied zählte nicht gerade zum exportfähigen deutschen Kulturgut, zuhause hätte sie ihren Kindern die Leviten gelesen. Kurt hatte die Sache durchschaut und Karl in gespielt strengem Ton gefragt, ob er Christian den Text des Liedes übersetzt habe, bevor dieser die Schallplatte mitgenommen hatte.

„Nein, das war zu kompliziert, viele Wörter aus dem Lied waren im *Dictionnaire* nicht zu finden Er fand die Melodie zum Mitsingen so schön, und weil wir ihm erzählt hatten, es sei ein deutsches Volkslied, wollte er die Platte als Souvenir für seine Eltern haben".

„Dann wollen wir für Christian hoffen, dass René und Georgette nie deutsch lernen", hatte Kurt lachend erwidert.

Die Wiedersehensfreude war bei allen gewaltig, es war wie ein Familientreffen nach langer Zeit. Die Eltern waren nicht müde geworden, die Geschichte ihres Sich-Wiederfindens siebzehn Jahre nach dem Krieg in den höchsten Tönen zu zelebrieren. Diese Geschichte ist es auch wert, festgehalten zu werden.

Christians Vater hatte Karls Eltern beim Abschied in Oppenau eine Visitenkarte mit seiner Heimatadresse in den Pyrenäen hinterlassen. Karls Vater war Bauunternehmer geworden, hatte das Unternehmen aber abgegeben und war mit der Familie umgezogen. Beim Umzug war er zufällig auf diese Visitenkarte gestoßen. Da Karl in der Schule als zweite Fremdsprache Französisch gelernt hatte, kam sein Vater auf ihn zu:

„Junge, ich habe die Adresse von dem netten französischen Ehepaar wiedergefunden, dem Deine Mutter und ich viel zu verdanken haben. Schreibe doch bitte einen Brief und lade sie zu uns ein", hatte er den damals vierzehnjährigen Karl aufgefordert.

Der Brief war in das Städtchen am Fuß der Pyrenäen gelangt, wo die Familie Haure aber seit mehr als einem Jahrzehnt schon nicht mehr wohnte. Der Briefträger hatte den Brief deshalb nicht zustellen können. Am Stammtisch seiner Boule-Mannschaft hatte er dies beiläufig erwähnt und gefragt, ob einem der Anwesenden der Name „Haure" etwas sage. Ein lange pensionierter Dorfpolizist, der Christians Großvater zu dessen Lebzeiten gekannt hatte, konnte sich erinnern, dass der Sohn als Ingenieur zu den *Sapeurs-Pompiers* nach Paris gegangen war. Die Pariser Anschrift war danach schnell ermittelt und so hatte sich nach einiger Zeit die Antwort aus Paris eingestellt.

Man hatte sich auf ein Treffen in Oppenau verständigt, wo die Freundschaft trotz der Besatzungswidrigkeiten ihren Anfang genommen hatte. Maya Gugger, die damalige Übersetzerin, lebte auch noch und ergänzte die Runde. Die beiden Ehepaare hatten von ihren Kindern nur den jeweils ältesten Sohn mitgebracht, das waren Karl und Christian, weil die beiden bis auf zwei Wochen gleichaltrig waren. Hier sahen die Eltern wohl die größte Chance, dass ihr freundschaftliches Verhältnis seine Fortsetzung in der nächsten Generation finden könne. Sie sollten Recht behalten.

Christian war noch nie einem Deutschen begegnet, er kannte aus alten Geschichtsbüchern nur den Erbfeind, und im Umgang mit seinen Freunden die abschätzige Bezeichnung als *Boche,* was für einen tumben Dickschädel stand. Die im Jahrzehnt nach dem großen Krieg begonnene politische Annäherung hatte er als großzügige Geste der *Grande Nation* gegenüber dem östlichen Nachbarn gesehen. Er konzedierte, dass Deutschland mit Fleiß und Disziplin zu Wohlstand gekommen war, aber für jemanden, der in Paris lebte, blieb der Deutsche ein Provinzler. Bei der Wahl der Fremdsprachen in der Schule hatte er sich auch für englisch und spanisch entschieden. Als seine Eltern ihm mitgeteilt hatten, dass man sich mit einer deutschen Familie treffen werde, war er weit davon entfernt, Begeisterung zu empfinden. Ihm ging dadurch ein Wochenende mit seinen *copains* verloren. Und so hatte er Karl zunächst mit unterschwelliger Distanz beäugt. Dieser hatte dem Treffen mit freudiger Erwartung entgegen gesehen. Er hatte nun im dritten Jahr französischen Unterricht in der Schule und brannte darauf, seine Kenntnisse in die Praxis umzusetzen. Frankreich hatte sich in seiner Phantasie zu einem Sehnsuchtsort entwickelt, in Diskussionen über die besten Autos verteidigte er sogar deren Modelle mit dem Argument, dem *Deux-Chevaux* habe Deutschland in dieser Klasse nichts entgegen zu setzen.

Dem offenherzigen Charme, mit dem Karl ihm begegnet war, war Christian aber schnell erlegen, zumal Karls Defizite im Französischen ihn wiederholt zum Lachen gebracht hatten. Neben Autos, Rockmusik und dem Ärger mit Lehrern hatten sie ein weiteres Thema entdeckt, *draguer les filles,* wie Christian das Flirten mit Mädels bezeichnet hatte. Hier war er Karl offenbar um Längen voraus und genoss dessen Interesse an seinen Erzählungen. Als die Familien sich wieder verabschiedet hatten, war Christians Interesse für Deutschland geweckt und sein erster Besuch bei Karl fest eingeplant.

Dies alles ging Karl während der knapp fünfstündigen Bahnfahrt durch den Kopf. In seiner Schulklasse galt es zur damaligen Zeit als besonders, einen französischen Freund zu haben, und Karl mochte es, von den Klassenkameraden darauf angesprochen zu werden. Er liebte es auch, in die Unterhaltungen französische Begriffe einfließen zu lassen, wohl wissend, dass seine Sprachkenntnisse die der anderen inzwischen deutlich überragten. Karl war in den Naturwissenschaften ein schwacher Schüler, aber in Latein, Geschichte, Deutsch und vor allem Französisch glich er diese Defizite komfortabel aus. So war ihm auch nicht bange, sich im französischen Umfeld durchzufragen zu müssen. Jahre später, als er wieder einmal bei Christian zu Besuch war, mokierte sich Christians Mutter, die er inzwischen auch *Maman* nannte, über seine schlechter gewordene französische Aussprache. Karl erklärte dies damit, dass er in den letzten Ferien für einige Wochen einen Ferienjob im wallonischen Belgien wahrgenommen und sich das dortige Französisch wohl etwas angeeignet habe.

„Dann wollen wir dich aber wieder an ordentliches Französisch gewöhnen“, hatte *Maman* ihm erwidert, mit einem Hinweis an Christian, unanständige Wendungen auszulassen. Einige kannte Karl aber längst, *„pisse moi la queue“* oder *„putain puissance treize“*, er kannte auch das traurige Lied vom spanischen König

le roi d´Espagne voulait chier

mais il n´avait pas de papier …

Die Ankunft in Paris verlief problemlos. Christian erwartete Karl schon am Bahnsteig und nach herzlicher Begrüßung fuhren sie mit der Metro nach Hause. Das war für Karl die erste kleine Sensation. Die Weitläufigkeit des unterirdischen Streckennetzes mit der Vielfalt an Abzweigungen und Stationen faszinierte ihn. Er war zuhause ein routinierter Fahrschüler, der sich im Gedränge des Koblenzer Hauptbahnhofs beim Umsteigen von Bus auf Bahn blind auskannte, hier in dem organisierten, von Hast getriebenen Strom in alle Richtungen vorbeieilender Menschen wurde er aber von dem Gefühl beschlichen, auf ein Molekül geschrumpft zu sein. Das bunte Treiben in den endlos scheinenden Gängen zu den Bahnsteigen ließ ihn immer wieder stehenbleiben, um Musikanten, Bettler und Bauchladenhändler zu betrachten. Er empfand Bewunderung für Christian, der sich mit lässiger Gewandtheit in diesem Irrgarten bewegte und ihm anhand des Streckenplans im Waggon die Umsteigestationen erklärte.

Der erste Tag war ausgefüllt mit Erzählungen. Karl musste ausführlich von seinen Eltern berichten, von der Arbeit seines Vaters, dem Stand der

Renovierungsarbeiten am Ferienhaus der Familie bis hin zum Wohlergehen der Geschwister. Christians Vater war mit den politischen Verhältnissen in Deutschland erstaunlich vertraut und wusste auch zu erzählen, dass die französische Garnison in Koblenz in den kommenden Jahren aufgelöst werde. Karl bedauerte dies, weil die französischen Soldaten für die Schüler verlässliche Lieferanten der preiswerten *Gauloise troupe* waren, filterlose Zigaretten übelster Machart, aber eben preiswert.

Als Karl über seine sportlichen Aktivitäten berichtet hatte, wollte Patrice, Christians jüngerer Bruder, Karl unbedingt zum Hockey-Training mitnehmen, aber Christian blockte unwirsch ab, man habe andere Dinge vor. Sport gehörte nicht zu seinen Hobbys. Danièlle, die ältere Schwester, ihre Brüder nannten sie Dany, war nur kurz zur Begrüßung da und verabschiedete sich zu einem Treffen mit Freunden. Das bedauerte Karl insgeheim, weil er sich spontan zu ihr hingezogen fühlte. Sie hatte mit ihren achtzehn Jahren in der Tat auch alles, was einen Sechzehnjährigen begeistern kann: sie war zierlich, hatte ein hübsches Gesicht mit Pagenkopf, leicht geschminkte volle Lippen und Rundungen, die in der Vagantendichtung als *faciles formosae* besungen werden. Dazu war sie lebhaft und auf freundliche Art sehr bestimmend. Aber ihr Interesse galt offenbar weniger dem schmachtenden Knaben als vielmehr den Jungs in ihrer Pariser Umgebung. Tage später, anlässlich eines gemeinsamen Ausflugs nach *Chartres*, durfte Karl im Auto ihres Freundes mitfahren; er saß mit Christian und Patrice auf der Rückbank und konnte den Austausch kleiner Zärtlichkeiten zwischen Danièlle und ihrem Freund auf der Vorderbank verfolgen; er hätte sich, in *Chartres* angekommen, von der Kathedrale stürzen mögen. Karl konnte nicht ahnen, dass die fernere Zukunft ihm in einem kleinen Zeitfenster eine gewisse Genugtuung verschaffen würde.

Die Dienstwohnung in der Kaserne war riesig und Karl bekam ein eigenes Zimmer, das wohl doppelt so groß war wie sein eigenes zuhause. Es lag zur rückwärtigen Straße hin, sodass der Lärm des Kasernenbetriebs wenig hörbar war. Dafür wurde Karl bei geöffnetem Fenster gegen sechs Uhr morgens wach, wenn das Leben in der Straße begann. Er schloss dann das Fenster, um nochmals in Tiefschlaf zu fallen. Um acht Uhr begann die Ordonanz mit dem Reinigen der Wohnung, und wenn der Staubsauger rumpelnd gegen die Zimmertür stieß, war mit dem Ausschlafen endgültig Schluss. *Maman* erklärte mit leichter Resignation, dass der Einsatzoffizier offenbar immer den größten Tolpatsch in seiner Truppe als Ordonanz abstellte.

Beim ersten gemeinsamen Frühstück wurde deutlich, wie weit sich die gallische Esskultur von der germanischen entfernt hatte. Man nahm das Frühstück nicht im Salon, sondern in der Küche ein. Der Raum war so groß, dass neben dem Kücheninventar ein Tisch für acht Personen ausreichend Platz fand. An der Stirnwand stand ein aus schönem alten Holz gefertigter Schrank für Geschirr und Besteck, über der Küchenzeile waren Regale für Töpfe, Gewürze und weitere Utensilien angebracht und auf einem Regal stand eine Reihe von Kochbüchern. Karl gefiel dieser Raum auf Anhieb, er vermittelte eine Atmosphäre von Behaglichkeit und Geborgenheit. *Maman* deckte den Tisch ein, wobei ihr die Kinder halfen. Karl wurde angewiesen, sich schon einmal zu Christians Vater zu setzen. Dieser hatte den Platz am Kopf des Tisches, *Maman* hatte ihren Platz ihm gegenüber und die Kinder verteilten sich beliebig auf die Plätze an den Längsseiten des Tisches.

Nachdem die Ordonnanz die frischen Baguettes hereingebracht hatte, der Kaffee eingeschenkt war und alle Platz genommen hatten, forderte Christians Vater Karl auf, sich zu bedienen. Karl hatte sein Baguette mit Butter bestrichen und wollte es mit Käse belegen. An diesem Punkt intervenierte Christians Vater: die Butter sei so fetthaltig, dass zusätzlicher Käsebelag doch wohl nicht nötig sei. Karl akzeptierte das einsichtig, aber der mit teutonischen Bräuchen inzwischen vertraute Christian wies seinen Vater aufgeregt darauf hin, dass dies in Deutschland so üblich sei und schob Karl den Käse wieder zu. Diesem war die Situation peinlich; wie konnte er dieser Käsegeschichte entkommen, ohne einen der beiden zu brüskieren? Er bat schließlich seinen Freund Christian, ihm doch bitte die Marmelade zu reichen, die er gerade erst entdeckt habe und die ohnehin seine erste Wahl sei. Daraufhin entspannte sich die Diskussion vordergründig. Christian fühlte sich wahrscheinlich ein wenig von Karl verraten, für dessen Essgewohnheiten er gerade eine Lanze brechen wollte, und sein Vater mag gedacht haben „*Ils sont fous, les Allemands*". Die übrigen Familienmitglieder schmunzelten still und leicht verlegen in sich hinein. Als Christians Vater sich vom Tisch erhoben hatte, um zum Dienst zu gehen, nahm *Maman* ein Baguette, bestrich es mit Butter, belegte es mit Käse und überreichte es Karl mit den Worten:

„Du warst sehr diplomatisch. Deutsche und Franzosen können viel voneinander lernen".

Karl lernte bald, dass man in Frankreich den Mahlzeiten einen ganz anderen Stellenwert zumaß als bei ihm zuhause. Er war es gewohnt, dass man hungrig zu Tisch ging und die Mahlzeit, kaum dass sie serviert war, mit großem Appetit verzehrte. Das Ganze dauerte einschließlich einem gelegentlichem Nachtisch keine halbe Stunde. In Frankreich dagegen umfasste schon die normale Mahlzeit mehrere Gänge, wobei jeder Gang aus einer Speise bestand, die bei Karl zuhause meistens als Beilage zum Hauptgericht diente. Zu Beginn hatte Karl denn auch Sorge, satt zu werden.

Erst in späteren Jahren, als Karl vieler Geschäftsessen schon überdrüssig geworden war, hatte er begriffen, dass der Essenszweck nicht nur in der Nahrungsaufnahme bestand, sondern dass eine gemeinsame Mahlzeit vor allem auch der versöhnlichen Kommunikation diente. Karl wurde zwar nie ein Gourmet, aber die französische Art, eine Mahlzeit zu zelebrieren, ließ ihn doch zu den Franzosen aufblicken. Es war für ihn ein Erlebnis, wenn er bei späteren Besuchen, als Christian schon eine eigene Familie hatte, diesen beim Einkaufen begleitete. Während er selbst den schnellen Einkauf im Supermarkt schätzte, kaufte Christian die Lebensmittel bevorzugt auf Märkten und erkundigte sich penibel nach deren Zusammensetzung und Herkunft.

Karl hatte Christian bei einer dieser Gelegenheiten, als es um die Auswahl von Käse ging, gebeten, doch bitte den Namen der milchgebenden Kuh zu erfragen. Christian verstand die Ironie nicht sofort und meinte, nicht alle Bauern gäben ihren Tieren Namen. Ein anderes Mal standen sie im Regen an einem Marktstand und Christian begann ungeachtet des widrigen Wetters sein selektives Prozedere bei der Auswahl der Lebensmittel. Vor jeder Kaufentscheidung holte er Karls Meinung ein und stellte Alternativen in den Raum. Dieser stöhnte innerlich, machte aber gute Miene zu diesem quälenden Spiel. Als die Einkaufstasche gefüllt war und sie sich auf dem Heimweg befanden, erinnerte er Christian daran, dass die Nahrungsbeschaffung in dem kleinen, nicht von den Römern eroberten gallischen Dorf weniger zeitraubend von statten gegangen war. Christian verstand den Hintergrund dieser Bemerkung jetzt sofort und erwiderte lachend, dass dieser Stamm anlässlich einer der Völkerwanderungen versehentlich auf französisches Territorium geraten sei und zuvor entweder den Rhein oder den Ärmelkanal überquert haben musste; er glaube übrigens, in einem der Freunde von Karl einen Nachfahren des Obelix erkannt zu haben. Er fügte auch noch mit gespielter Herablassung hinzu, es spreche für die deutsche Literatur, dass die noch ziemlich neuen Comics von *Uderzo und Goscinny* dort schon angekommen seien; das beruhige ihn sehr, denn man halte es in Frankreich für wichtig, allen denen in

Deutschland etwas Literarisches anbieten zu können, die von *Balzac* oder *Camus* noch nie gehört hatten.

„Das ist ein guter Ansatz, ihr mischt euer Sortiment. Deshalb exportiert ihr Brigitte Bardot als Ausgleich für die Abnehmer eurer Renaults und Citroens", keilte Karl zurück.

Diese Sticheleien praktizierten beide mit Hingabe. Meist war es Karl, der eine Situation dazu nutzte, eine kleine Boshaftigkeit zu lancieren. Er wusste, dass Christian dies mit Schlagfertigkeit parieren würde und wartete jedes Mal gespannt auf die Retourkutsche. Beide hingen an den Bräuchen und Produkten ihres Heimatlandes, nahmen aber mit unbekümmerter Neugierde die Lebensgewohnheiten des Anderen auf. Es wäre keinem der beiden in den Sinn gekommen, echte Kritik zu üben. Sie fühlten sich einander sehr verbunden.

Christians Vater war fast regelmäßig zum gemeinsamen Abendessen zuhause. Dabei wurde viel erzählt. Einmal fragte er:

„Karl, wie weit bist du in der Schule? Christian muss für sein *Bac* hart arbeiten, wir zittern alle, dass er das schafft".

Christian blickte seinen Vater leicht entrüstet an und warf ein:

„Mein *Brevet* habe ich doch problemlos geholt, hier muss sich niemand Sorgen machen".

„Ich komme demnächst in die Oberstufe", antwortete Karl und fuhr fort „der Französisch-Unterricht endet dann. In Latein und Deutsch bin ich bei den Besten, Griechisch geht auch, nur in Mathematik bin ich ein Versager. Das unterrichtet einer unserer Patres, und seitdem ich einmal mit einer Gleichung nicht fertig geworden war und flapsig bemerkt hatte, die Gleichnisse bei Jesus hätten auch keine Unbekannten, bin ich bei ihm auf der Abschussliste."

„Klosterschulen kennt man hier gar nicht mehr. Die Verbindung weltlicher Aufgaben mit religiösen Überzeugungen war seit dem frühen Mittelalter eine Last. Frankreich hat sich in der *Grande Revolution* davon gelöst, nicht ganz friedlich, aber nachhaltig. Ich sehe manchmal mit Erstaunen, wie stark die Katholiken in Deutschland noch die Politik beeinflussen können. Dabei hat euer großer Aufklärer Immanuel Kant doch die Vorherrschaft der Vernunft von allen Kanzeln gepredigt", sagte Christians Vater.

Das war ein Stichwort für Karl.

„Der kategorische Imperativ kommt doch dem Wertesystem der Zehn Gebote nahe, wenn man deren Vorgaben in zeitgemäßem Licht interpretiert. Die Patres meiner Schule, sie stellen übrigens nur knapp die Hälfte des Lehrkörpers, vermitteln uns auch nicht etwa das Klosterleben des Mittelalters, sie sind schon ganz o.k. Man darf sich nur nicht über ihre Glaubensdinge lustig machen. Einer meiner Klassenkameraden hat einmal zum Thema der Jungfrauengeburt im Religionsunterricht angemerkt, das habe er im Biologieunterricht anders verstanden. Das brachte ihm eine Audienz beim Direktor und zehn Bibelstunden Nachsitzen ein. Wenn man an einer Klosterschule Abitur machen will und kein Betbruder ist, lernt man aus Opportunität Toleranz gegenüber Gläubigen egal welcher Religion. Da bin ich so weit wie Sie in Frankreich; jeder darf beten, zu wem er will", und er fügte grinsend hinzu „ich würde Brigitte Bardot auf den Altar stellen."

„Im Kostüm oder Bikini?", fragte Christian lachend.

Als Patrice mit seinen dreizehn Jahren das Thema vertiefen wollte mit der Bemerkung, dass der Bikini natürlich interessanter sei, beendete *Maman* das Thema abrupt mit dem Hinweis darauf, dass gerade Frankreich der katholischen Kirche einiges verdanke, nämlich Klöster, Kirchen und die *Notre Dame*, deren Besuch sie Karl im Übrigen ans Herz legte. Christian bemerkte dazu sauertöpfisch:

„Si tu veux", wenn du unbedingt willst.

Bei diesen Gesprächen am Abendtisch wurde auch viel über die europäische Idee philosophiert. Christians Vater sagte einmal zu Karl gewandt:

„Wir sprachen neulich über euren großen Denker Immanuel Kant. Der hatte schon ein geeintes Europa als Mittel zum ewigen Frieden gesehen. Und unser Victor Hugo hat gut fünfzig Jahre später die *Vereinigten Staaten von Europa* entworfen. Es wird Zeit, dass man sich diese Worte wieder ins Gedächtnis ruft."

Karl konnte mithalten:

„Da muss man auch Ihren Ex-Außenminister Aristide Briand mit seinen Vorstellungen über einen europäischen Bund erwähnen, ebenso wie Churchill, der nach dem Zweiten Weltkrieg von der Neugründung einer europäischen Familie mit dem Kern einer Partnerschaft zwischen Frankreich und Deutschland sprach. Bei uns wird viel über Konrad Adenauer als Bundeskanzler geschimpft, aber er hat mit seinem Gang zu Charles de Gaulle die Versöhnung eingeleitet".

Christians Vater blickte zu seinen Söhnen und sagte: „Das nenne ich geschichtliches Wissen. Ob wir euch vielleicht auch auf eine deutsche Klosterschule schicken sollten?"

„Dann fange du mit *Maman* erst einmal an, Sonntags zur Messe zu gehen", erwiderte Christian spöttisch.

Christian schlug Karl eines Abends vor, nach Einbruch der Dunkelheit ein wenig in der Stadt herumzulaufen. Er hatte ein besonderes Viertel im Sinn, wie Karl später klar wurde. Nach dem Essen zogen die beiden los. Karl war einmal mehr beeindruckt vom immer noch geschäftigen Treiben zu einer Tageszeit, bei der in seinem Heimatdorf buchstäblich die Bürgersteige hochgeklappt waren.

Der Weg führte nach einer guten halben Stunde Fußmarsch in die *Rue St. Denis*. Auf den ersten Blick war es eine Straße wie viele andere Nebenstraßen der Boulevards, sie machte nichts her. Auffallend war nur das rege Treiben, so als hätten die Geschäfte ihre Öffnungszeiten in den späten Abend verlegt. Karl merkte bald, dass die hier vorherrschende Branche in der Tat kein "Tagesgeschäft" betrieb. Die Leuchtreklamen, teils in grellen Farben teils in schwülstigem Dunkelrot waren an den menschlichen Fortpflanzungstrieb adressiert. Als sie an einem Schaufenster vorbei liefen, öffnete sich für den Klosterschüler Karl eine ihm bislang unbekannte Welt, er glaubte, in den verlockenden Vorhof der Hölle zu schauen. Der Blick war auf einen mit üppigen Sitzgelegenheiten und einem Himmelbett im Hintergrund ausgestatteten Raum frei gegeben. Eine Gruppe leicht bekleideter Damen ergänzte das Bild. Karl glaubte beim ersten Blick an Schaufensterpuppen in einer Dessous-Ausstellung, sah dann aber, wie eines der Ausstellungsstücke eine Zigarette lasziv zum Mund führte. Als er fragend zu Christian blickte, klärte der ihn auf:

„*Ce sont les putes de Paris*", die Freudenmädchen von Paris. Karl staunte. Er sah jetzt auch, dass nur Männer auf der Straße liefen, sich die „Auslagen" genießerisch ansahen und verschiedentlich in Hauseingängen verschwanden. Anerzogene Scheu und triebhafte Neugier rangen in ihm, bis er schließlich doch etwas näher an das Fenster trat, um die dargebotenen Reize zu studieren. Das war für ihn *terra incognita*. Zwar verspürte er mit seinen sechzehn Jahren durchaus schon einen Hang zum weiblichen Geschlecht, auch hatte er einem Mädchen beim Küssen schon einmal zaghaft an den Busen gefasst, die Schamlosigkeit der Prostitution verschlug ihm dennoch den Atem. Er mochte sich gar nicht vorstellen, was in den Häusern vor sich ging. Er war aufgeklärt, natürlich, von guten Freunden und schlechten Büchern, wie sich das für den Schüler einer Klosterschule gehörte. Sexuelle Praktiken gehörten aber nicht dazu. Die Sensationen, von denen man unter seinen Kumpels erzählte, erschöpften sich in Berichten über neue Freundinnen, mit denen man sich auf spärlich beleuchteten Partys in eine Ecke verzog. Was Karl hier sah, war ganz etwas anderes. Die Damen hatten ansehnliche Figuren, massiv geschminkte Gesichter, und ihre Restbekleidung verlieh ihnen jedenfalls aus erotischer Sicht durchaus Attraktivität, das musste Karl zugeben. Aber der Blick aus ihren Augen wirkte alles andere als sympathisch, eher kalt und abschätzend. Man spürte deutlich den rein kommerziellen Charakter der angebotenen Dienste.

„Wie findest du das, gefallen sie dir?", fragte Christian.

Karl war bemüht, sich weltmännisch zu geben.

„Die sehen eigentlich alle ziemlich gut aus, was nehmen die dafür?"

„Das kommt darauf an was man haben will, das beginnt bei fünfhundert Franc und ist nach oben offen".

„Warst du schon einmal da drin?", drängte es Karl zu fragen.

„Ha ha", lachte Christian, „da müsste ich meinen Vater mitnehmen, weil ich noch zu jung bin. Und wenn ich den fragen würde, käme ich für den Rest meines Lebens in ein Kloster. Aber du bist doch in einer Klosterschule; hat dein Vater dich dahin geschickt, weil du zu den Huren gehen wolltest?"

Der Punkt ging an Christian und Karl ärgerte sich ein wenig über sich selbst und die Vorlage, die er seinem Freund geliefert hatte.

„Natürlich nicht. Ich habe eine Freundin", stellte Karl klar. Das stimmte zwar nicht so ganz, jedenfalls nicht im Zusammenhang mit lästerlichen Sinnesfreuden. Aber Karl glaubte, sich mit dieser Erklärung vor dem Verdacht zu retten, er sei noch völlig unerfahren in diesen erotischen Angelegenheiten. Christian durchschaute das Manöver und fragte scheinbar unbefangen:

„Warum hast du mir das Mädel nicht bei meinem letzten Besuch vorgestellt?".

Karl schaltete sofort.

„Wir haben uns erst vor zwei Monaten kennengelernt, ging aber alles ziemlich schnell". Und um von dem Thema wegzukommen, sagte er:

„Schau mal die mit den roten Haaren, die hat ja eine gewaltige Oberweite".

Nun war Christian wieder am Ball, und er spielte seine Erfahrung mit herablassender Nonchalance aus.

„Das kann täuschen, die Frauen haben Tricks, um ihren Busen zu heben".

Karl fühlte sich angesichts dieses Erfahrungsschatzes wie ein Zwerg.

„Weiß ich von meiner Schwester", fügte Christian versöhnlich hinzu.

Als sie am Ende dieses Erotic-Walk angekommen waren, schlug Christian vor, zu den Hallen, die später dem *Centre Pompidou* weichen mussten, durchzulaufen. Dort sei es später am Abend interessant, weil viele Nachtschwärmer, auch der Haute-Volée, zum Auffrischen eine Zwiebelsuppe zu sich nähmen.

„Vor einiger Zeit, als ich mit meiner Clique hier war, haben wir Roger Vadim und Cathérine Deneuve gesehen. Die kamen mit mehreren Leuten in einem Rolls und einem Ferrari an und hatten einen Riesenspaß. Man kann fast immer dem einen oder anderen Prominenten begegnen".

Das fand Karl hoch interessant; seine Nähe zum großen Showbusiness beschränkte sich auf ein Filmplakat von Brigitte Bardot, das er unter Missbilligung seiner Mutter in seinem Zimmer aufgehängt hatte. Erst als er ein Plakat der Beatles hinzugefügt hatte, war sie halbwegs besänftigt.

Sie liefen also weiter zu *Les Halles* und streunten dort noch über eine Stunde herum. Karls Begeisterung hielt sich in Grenzen, weil weder auffallende Autos noch Prominente zu sehen waren. Es war nett und belebt, aber Karl dachte mehr an den weiten Fußweg nach Hause.

Die Damen der *Rue St. Denis* beschäftigten ihn noch geraume Zeit. Er schwankte zwischen sittlicher Empörung und erotischer Neugierde. Würde er bei sich bietender Gelegenheit ein solches Etablissement besuchen? Nein, sagte er sich, das ist einfach primitiv und bedient Triebe, die zwar de natura vorhanden sind, aber in zivilisatorisch geordneten Bahnen ausgelebt werden sollten. Nur die Vorstellung, dass er seinen Klassenkameraden nach seiner Rückkehr ähnlich einem Kriegsberichterstatter von der Front der Lasterhaftigkeit Neuigkeiten über Unvorstellbares überbringen könnte, versöhnte ihn mit dem ältesten Gewerbe der Welt und leitete seine Gedanken in andere Bahnen.

Etliche Jahrzehnte später sollte er noch einmal mit stillem Amüsement an die *Rue St. Denis* und seine selbstzweiflerischen Fragen zurück denken, als er anlässlich eines *business meeting* im Grandhotel *Krasnapolsky* in Amsterdam genächtigt und mit geschäftlichen Gästen aus der Kommunalverwaltung eines Landkreises die dort direkt anschließenden *Wallen* durchlaufen hatte. Hier war die Zurschaustellung weiblicher Reize noch weitaus aufdringlicher als seinerzeit in der *Rue St.Denis*, und Karl war peinlich berührt über das offenbar tiefgehende Interesse, das einer seiner Gäste den Angeboten entgegengebracht hatte. Der Mann war verheiratet und bekleidete als Kreisdirektor eine leitende Funktion. Um ihn abzulenken, hatte Karl vorgeschlagen:

„Wir suchen uns jetzt einen *Coffeeshop*, da zeigen Sie mal, ob Sie als Leiter einer Ordnungsbehörde den Shit am Geruch erkennen können".

Am nächsten Tag schlug Christian einen Ausflug zum Eiffelturm mit Besuch des *Champs de Mars* vor. Von dort marschierten sie über den *Pont des Invalides* zu den *Champs Élysées* und zum *Arc de Triomphe*. Das fand Karl durchaus sehenswert, aber er war doch froh als Christian endlich vorschlug, mit der Metro nach Hause zu fahren. Ihm schien das Abendprogramm spannender, da hatte Christian sich mit Freunden in einem Studentenlokal verabredet.

Nach dem Abendessen zogen sie los. Sie nahmen wieder die Metro, mussten zweimal umsteigen, und kamen nach kurzem Fußweg in einer nichtssagenden Straße im *Saint-Germain* an. Vor der Tür des Lokals standen junge Leute in Trauben herum und unterhielten sich lebhaft. Das gefiel Karl schon gut, auch wenn er von dem was gesprochen wurde, wenig verstand; sie sprachen einfach zu schnell. Christian ging auf eine kleine Gruppe zu, grüßte alle kameradschaftlich und stellte Karl als seinen *ami d`Allemagne* vor. Karl wurde freundlich aufgenommen und gefragt, woher er komme und wie es ihm in Paris gefalle. Dabei gaben sie sich Mühe, langsam und verständlich zu artikulieren, weil sie natürlich sofort gemerkt hatten, dass Karls französische Sprachkenntnisse noch viel Luft nach oben ließen.

Nach einer Weile des Plauderns gingen sie alle nach drinnen. Dort war es gemütlich finster und man setzte sich an einen der Tische, die um eine kleine Tanzfläche angeordnet waren. Die Musik machte Konversation schwierig, was Karl entgegenkam, weil er so in Ruhe die Atmosphäre studieren konnte. Es waren mehr Jungs als Mädels da.

Christian und Karl waren deutlich die Jüngsten, was Karl ein wenig verunsicherte. Christian dagegen bewegte sich mit Nonchalance in diesem Milieu. Er machte Karl auf ein hübsches Mädchen aufmerksam, die mit einer Cola in der Hand am Rande einer Gruppe am Nachbartisch saß und gedankenverloren der Musik lauschte. Christian beugte sich zu Karls Ohr und sagte:

„Hast du Lust mit ihr zu tanzen? Geh hin und frage, ob sie mit dir tanzen möchte".

Karl galt unter seinen Kameraden zu Hause als unerschrocken. Im gewohnten Umfeld seiner Clique hatte er keine Scheu, Mädels bei sich bietender Gelegenheit anzusprechen Er ging auch keiner Handgreiflichkeit mit Stärkeren aus dem Weg. Hier verließ ihn aber aller Mut. Die Vorstellung, auf dieses fremde hübsche Mädchen zugehen und um einen Tanz bitten zu sollen, verursachte ihm Schweißausbrüche. Die Atmosphäre eines Studentenlokals war ihm fremd, er kannte nur die Dorfkneipen seines Heimatortes, wo man sich durch Bierkonsum und starke Sprüche zu beweisen hatte. Hier war alles anders. Einige wenige hatten einen kleinen *coup de vin rouge,* ein Glas Rotwein, vor sich stehen, die meisten tranken alkoholfrei. Es gab keine lärmenden Proleten, man diskutierte oder scherzte miteinander, man tanzte, alles wirkte entspannt, man spürte den Atem von Lebenslust und Zuversicht. Das beeindruckte Karl über alle Maßen. Er bekam eine leise Ahnung davon, dass man auch unterhalb der Schwelle des Vollrauschs fröhlich feiern konnte. Ihm gefiel es in diesem Lokal gut, dieser Besuch bedeutete ihm mehr als die Sehenswürdigkeiten des Tages. Hierhin würde er gerne jederzeit wieder kommen. Aber zum Tanzen fehlte ihm alles. So antwortete er Christian etwas sinnfrei:

„Ich tanze sehr schlecht und will dich nicht kompromittieren".

Christian hatte ihn natürlich durchschaut. Er lachte leise und ging seinerseits zu dem hübschen Mädel, um sie zum Tanzen aufzufordern. Sie war sicher einige Jahre älter als Christian, aber das spielte offenbar keine Rolle, denn mit einem fröhlichen Lächeln folgte sie ihm auf die Tanzfläche. Und hier offenbarte sich für Karl der Unterschied zwischen einem *Parisien* und einem deutschen Klosterschüler vom Lande. Die Musik brachte ein aktuelles Stück von *Johnny Hallyday* und Christian zeigte wie man in Paris als Sechzehnjähriger schon Rock and Roll tanzen kann. Er beherrschte nicht nur die Karl bekannten Formationen: vor-zurück-ein wenig seitwärts und den *american spin*; nein, er griff die Hände seiner Partnerin über Kreuz und drehte sie ohne die Hände loszulassen, zog sie an sich und legte dann mit ihr im Western-Line-Dance-Stil eine Runde über die gesamte Tanzfläche zurück. Das hübsche Mädchen lachte ihn vergnügt an. Karl bewunderte und beneidete seinen Freund. Nun war Christian ohnehin ein gutaussehender Junge im Stil eines Latin-Lovers, der sich elegant kleidete und mit Mädels umgehen konnte. Aber er hatte auch ein großes Herz. Statt mit dem begeistert tanzenden hübschen Mädchen den Abend abzurocken, kam er mit ihr zusammen nach einigen Tänzen auf Karl zu. Er stellte sie als Marie-Helène vor und sie setzte sich mit einem freundlichen Lächeln neben Karl.

„Christian hat mir erzählt, dass du aus Deutschland kommst und dir Paris ansiehst. Wenn du willst, können wir deutsch sprechen, ich habe in der Schule Deutschunterricht gehabt und freue mich, wenn ich Gelegenheit habe, ein wenig zu üben. Ich studiere an der Sorbonne im ersten Semester Sprachen, und als ich aus Straßburg hier ankam, musste ich mich erst einmal zurechtfinden. Die Stadt ist gigantisch. Gott sei Dank kann ich bei einer Tante hier wohnen, die mir am Anfang sehr geholfen hat. Wie gefällt dir Paris, was hast du bisher gesehen?“

Karl wurde warm ums Herz, das war ein Empfang! Doch bevor er antworten konnte, intervenierte Christian:

„Hei, das ist nicht lustig, wenn ihr deutsch sprecht, ich verstehe nichts“. Und an Marie-Helène gewandt sagte er mit einem Augenzwinkern: „Ich muss auf meinen Freund aufpassen, und will nicht, dass du ihm Sachen erzählst, für die er noch zu jung ist“.

„O.k., dann sprechen wir französisch und du hörst dir mit an, wie ich mich mit Karl zu einem Deutschkurs verabrede. Du weißt doch, wie und wo man am Besten eine fremde Sprache lernt“, erwiderte Marie-Helène schelmisch.

Karl hatte längst nicht alles verstanden, aber immerhin mitbekommen, dass die Unterhaltung eine amüsante Wendung nahm. Er schaute Christian an:

„Verstehe ich richtig, dass ich als Deutschlehrer engagiert bin? Dann muss ich dir für die Zeit meiner Abwesenheit wohl eine Kinokarte kaufen, damit du uns nicht störst“.

Diesen Pennälerwitz hatte er erst kürzlich von einem seiner Klassenkameraden gehört und war froh, ihn hier einfließen lassen zu können. Dass eine Studentin ein kleines Interesse an ihm zeigte, schmeichelte ihm ungemein. Um sich als weltoffener Gentleman zu zeigen, bot er sich an, Getränke zu holen und fragte die beiden, was sie haben mochten. Als er mit drei Cola zurückkam, begann die Musik gerade *Blowin' in the wind,* den neuesten Song von *Bob Dylan,* anzustimmen. Marie-Helène erhob sich und forderte Karl auf, mit ihr zu tanzen. Christian nickte Karl lachend und aufmunternd zu. Karl erhob sich zögernd, er wusste um seine Defizite als Tänzer, aber jetzt blieb ihm keine Wahl, und sich zu einer herzzerreißenden Melodie sanft an eine Partnerin angeschmiegt im Rhythmus wiegen, das traute er sich schon. Klammertanz nannten sie das in seiner Clique. Er war dort der Jüngste und die Mädels mochten ihn, sodass er auf Fêten Gelegenheiten zum Tanzen mit innigem Körperkontakt bekommen hatte. Und so nahm er Marie-Helènes Hand, umfasste ihre Taille mit der anderen Hand und bewegte sich im sanften Links-Rechts-Links-Schritt auf der Tanzfläche. Marie-Helène legte ihre Arme um seinen Nacken, drückte sich eng an ihn und ließ sich treiben. Nun war *Bob Dylan* schon immer gut, aber dieser Song war die Krönung. Karl und Marie-Helène versanken in einem Nebel von Romantik. Karl genoss den Duft in Marie-Helènes Haaren, er spürte den sanften Druck ihrer Brüste an seinem Körper. Es war einer dieser Augenblicke, von denen man sich wünscht, sie würden nahtlos in die Ewigkeit hinübergleiten. *„The answer is blowin in the wind...“* Der Schlussakkord war verklungen und die beiden standen immer noch eng aneinander geschmiegt auf der Tanzfläche. Marie-Helène küsste Karl flüchtig auf die Wange und holte ihn abrupt in die Wirklichkeit zurück.

„Christian wartet auf uns, wir müssen uns wieder zu ihm setzen“. Sie hatte dies in brüchigem Schuldeutsch gesagt und Karl erwiderte in seiner Muttersprache: „Von allem, was Paris zu bieten hat, bist du das Beste. Ich glaube, ich sollte an deinen Vorlesungen teilnehmen“.

„Wenn du mit der Schule fertig bist, bin ich schon Lehrerin“, dämpfte Marie-Helène die Erwartungen, „aber du bist ein charmanter Junge und wirst noch viele Mädchen ins Unglück stürzen“.

Das war nicht das, was Karl gerne von ihr gehört hätte. Aber *c´est la vie* wie Christian ihm später erklärte.

„Man geht hierhin, um sich bei guter Musik mit Freunden zu unterhalten und ein wenig zu amüsieren. Die Frau fürs Leben findet man in Museen oder bei Vernissagen, aber frühestens mit Dreißig“, sagte er aufgeklärt.

An den Tisch zurückgekehrt setzten sie ihre Unterhaltung noch eine Weile fröhlich fort. Marie-Helène erzählte von ihrer Heimatstadt Straßburg und Schulausflügen in den Schwarzwald, Christian berichtete von seinen Besuchen bei Karl zu Hause und wie sich ihre Eltern nach dem Krieg kennengelernt hatten. Als Marie-Helène schließlich aufstand, um sich wieder zu ihrer Gruppe zu gesellen, unterhielt Christian sich noch etwas mit seinen Freunden am Tisch und Karl versuchte, von der Konversation so viel wie möglich mitzubekommen. Christian bezog ihn immer wieder mal ein, indem er ihm Gesprächsausschnitte langsam gesprochen wiedergab und nach seiner Meinung zum Thema fragte. Das war für Karl anstrengender Sprachunterricht, lenkte ihn aber heilsam von seiner spontanen Obsession *„Marie-Helène"* ab. Als es auf Mitternacht zuging, machten sie sich auf den Heimweg und am nächsten Tag warteten neue Herausforderungen.

Wer von Toulouse-Lautrec gehört hat, den zieht es zum *Montmartre*. Die Motive seiner Werke aus dem Milieu der Halbwelt und der Vergnügungslokale entstammten der Gegend zwischen der *Place Blanche*, *Place Pigalle* und dem *Moulin Rouge*. Der *Montmartre* war sein Lebensmittelpunkt, den er mit vielen zeitgenössischen Künstlern teilte, bis ihn das Delirium tremens ereilte. Karl hatte stille Sympathien für das Leben der Bohémiens, vielleicht weil es sich von seinem in geordneten Bahnen verlaufenden Alltag so grundsätzlich unterschied. Ähnlich mochte es den tausenden von Touristen gehen, die es täglich zur *Place du Tertre* zieht. Toulouse-Lautrec vermittelt in seinen Werken eine schwülstige Lebenslust, die beim phantasievollen Betrachter ein Tor zu verbotenen Früchten öffnet. Selbst das keusche Porträt der *Suzanne Valadon* lässt erahnen, dass sie für den Maler mehr als ein Modell war. Was Karl von Toulouse-Lautrec wusste, hatte er dem Bücherschatz seiner belesenen Mutter entnommen. Im Kunstunterricht seiner Schule waren moderne Künstler tabu, vor allem wenn sie eine Verbindung zu erotischen Motiven hatten. Hier beschäftigte man sich vorzugsweise mit der *ars sacra*, der christlichen Kunst früherer Jahrhunderte. Als Karl eines Tages auf den *Bethlehemitischen Kindermord* von *Fra Angelico* gestoßen war, hatte er Zweifel bekommen, ob christliche Werke ein besseres Menschenbild fördern als die Abbildung weiblicher Reize. Trotz aller Wertschätzung, die er seiner Schule mit ihren Patres entgegenbrachte, war seine Distanz zu den Lehren der katholischen Kirche im Laufe seines Erwachsenwerdens zunehmend größer geworden. Er hatte begriffen, dass der Glaube als Machtinstrument diente und die Gläubigen ähnlich den Bauern auf einem Schachbrett instrumentalisiert wurden. Er war wohl zu wenig Historiker, um zu verstehen, weshalb Kaiser und Könige um die Gunst des jeweiligen Papstes gebuhlt hatten.

Als er Christian am nächsten Tag vorschlug, den Montmartre zu besuchen, verbarg er seinen Wunsch, die in seiner Vorstellung erotisch-schlüpfrige Heimstatt der Werke von Toulouse-Lautrec zu erkunden, hinter der Absicht, die Basilika *Sacré Coeur* anzusehen.

„Da gibt es außer Touristen nicht viel zu sehen, ich bin da schon Jahre nicht mehr gewesen", meinte Christian und fuhr fort: „Wir können das aber gerne machen, wenn du mir versprichst, dass dein Interesse an Kirchen damit erschöpft ist. Wir lassen dafür den von *Maman* empfohlenen Besuch der *Notre Dame* aus; du bist ja nicht zum Beten hierhergekommen. Wir gehen nicht die direkte Treppe zum *Sacré Coeur* hoch, sondern nehmen den Weg durch das *Montmartre*, da kannst du dich noch von einem Straßenmaler portraitieren lassen".

„Ok", antwortete Karl „um ehrlich zu sein, das Innere der Kirche interessiert mich nicht, und ein Bild brauche ich auch nicht; aber vielleicht finden wir ein nettes Cafe´ oder einen kleinen Jazzklub".

„Das gibt es dort alles, aber zu Touristenpreisen, und die Mädels gehören alle zu irgendeiner Reisegruppe, die abends wieder in ein Vorstadthotel fährt. Bestenfalls lernst du ein deutsches Mädchen kennen, mit dem du dich zuhause verabreden kannst, ha, ha", spottete Christian.

Und Christian hatte natürlich Recht. Das Viertel war zwar höchst malerisch mit seinen vielen bunten Häusern, endlosen Eiscafés und Fastfood-Kneipen, seinen Straßenmalern und den zahllosen kamerabehängten Touristen. Von dem morbiden Charme, den Toulouse-Lautrec in Karls Phantasie hatte entstehen lassen, war nichts zu finden. *Sacré Coeur* erhob sich majestätisch in sonnenbeschienenem Weiß und war umflutet von herein und heraus drängenden Besuchern. Was Karl als bleibenden Eindruck mitnahm, war lediglich der Blick über die Stadt von der obersten Stufe der gewaltigen Treppe, die vom Eingang der Basilika zur Stadt hinab führte. Auf dem Rückweg führte Christian Karl am *Moulin Rouge* vorbei, das zwar mit Plakaten seiner CanCan-Tänzerinnen warb, aber ansonsten bei Tageslicht nichts hermachte.

Karl hatte die Film-Kamera seiner Eltern mitgenommen, um für bleibende Erinnerungen zu sorgen. Die war ihm aber bei den bisherigen Ausflügen zu schwer gewesen. Jetzt kam sie ihm in den Sinn und er meinte zu Christian:

„Ich würde gerne in der *Rue St. Denis* ein bisschen filmen, da hätten meine Freunde zuhause Spaß dran".

„Bloß nicht, wenn man dich dort mit einer Kamera sieht, wirst du gelyncht", antwortete Christian, „aber wir können tagsüber in einer ruhigeren Straße etwas versuchen. Da stehen einige der Ladys in

Hauseingängen, die könntest du heimlich von der gegenüberliegenden Straßenseite aus aufnehmen. Sie dürfen dich aber nicht sehen".

Das nahmen sich die beiden für den nächsten Tag vor.

Sie marschierten in Richtung der *Porte de Clichy*. Es herrschte normaler Alltagsverkehr und sie liefen verschiedene Straßen ab, bis sie glaubten, ein Opfer gefunden zu haben. Christian machte Karl auf eine Zielperson aufmerksam, die auf der gegenüberliegenden Straßenseite in einem Hauseingang stand. Karl hatte sie zunächst gar nicht als milieuverdächtig wahrgenommen; sie erschien ihm auch jetzt bei näherem Hinsehen eher als Teenager. Sie hatte lange blonde Zöpfe und trug einen kurzen bunten Rock.

„Bist du sicher, dass das eine Nutte ist?", fragte er, „sie sieht mir eher wie ein Schulmädchen aus".

Christian lachte:

„Schau dir mal den Ausschnitt und die Stöckelschuhe an. Du willst mir doch nicht erzählen, dass sie bei euch so in die Schule gehen. Das ist eine Alte, die hier den Lolita-Typen spielt. Ich habe gehört, dass Kerle ab sechzig auf so etwas stehen. Hoffentlich werden wir nicht so alt und pervers".

Karl brachte die Kamera in Position, stellte aber fest, dass die Dame nicht richtig in die Linse zu bekommen war, weil sie zu tief im Hauseingang stand, außerdem der Autoverkehr immer wieder die Sicht versperrte.

„Wir müssen abwarten, bis sie von einem Freier angesprochen wird und auf den Bürgersteig kommt", sagte Karl. Als die Situation eine Viertelstunde unverändert geblieben war, schlug Christian vor:

„Ich gehe zu ihr hin, spreche sie an und versuche, sie auf den Bürgersteig zu locken. Dann musst du aber mit der Kamera schon aufnahmebereit sein".

Das schien Karl ein guter Plan zu sein, und während Christian die Straße überquerte, richtete er die Kamera aus. Er hatte Christian nun gut im Bild und drehte. Er sah wie Christian sich der Lady näherte und irgendetwas sagte. Sie reagierte verhalten und Christian sprach weiter.

‚Nun komm doch aus dem Hauseingang', dachte Karl laut und hielt die Szene in der Linse. Die Lady rührte sich aber nicht aus dem Hauseingang und während Karl mit der Kameraeinstellung fingerte, sah er plötzlich, dass Christian in wilder Hast wegrannte. Die Lady blickte jetzt direkt zu Karl auf die andere Straßenseite und fing an zu gestikulieren. Karl gefror vor Schreck das Blut in den Adern. Mit der noch laufenden Kamera rannte auch er so schnell er konnte in dieselbe Richtung wie Christian. Nach gefühlten tausend Metern blieben sie stehen und Christian kam auf Karls Straßenseite. Noch völlig außer Atem fragte Karl, was passiert sei.

„*Merde*", prustete Christian „als ich sie fragte, ob sie Zeit für mich hat und was sie verlangt, hat sie gefragt, ob meine Mutter weiß, wo ich bin. Als ich dann erklären wollte, dass ich schon alt genug bin, hat sie anscheinend gesehen, dass du mit der Kamera auf der anderen Straßenseite stehst. Sie hat dann ins Haus hinein nach einem Charly gerufen, wohl ihr Zuhälter, und dann bin ich gerannt".

„Das war knapp", stellte Karl fest „wenn der Film entwickelt ist, sehe ich ja, ob wir etwas eingefangen haben. Ich gebe dir dann Nachricht".

Er hatte die Kamera inzwischen abgeschaltet, und den Rest des Filmes widmete er auf dem Rückweg unverfänglichen Sehenswürdigkeiten. Er hielt für sich fest, dass der Beruf des Dokumentarfilmers etwas für Abenteurer sei.

Die verbleibenden Tage in Paris nutzte Karl, um mit Christian mehr oder minder ziellos durch die Stadt zu streifen. Sie machten an einem sonnigen Tag eine Fahrt mit einer *Vedette* auf der Seine, durchstreiften die großen Kaufhäuser und stiegen auf die Aussichtsplattform des *Montparnasse*-Turms. Christian fragte Karl, ob er das Grab von *Baudelaire* oder anderer berühmter Franzosen auf dem Friedhof von *Montparnasse* besichtigen wolle, aber Karl winkte ab.

„Ich mag die Franzosen lieber, wenn sie noch leben. Lass uns im *St. Germain* in ein Café gehen, wo wir vielleicht hübsche Mädels sehen." Dabei dachte er ein wenig an Marie-Helène, die ihm Paris näher gebracht hatte als alle Prachtbauten zusammen.

Der Tag des Abschieds war gekommen. *Maman* drückte Karl fest und sagte ihm, er sei jederzeit willkommen und könne bleiben, solange er möge. Patrice mahnte an, dass Karl beim nächsten Mal mit ihm zum Hockey gehen müsse. Christians Vater und Danièlle waren schon früh aus dem Haus gegangen und hatten ihre Abschiedsgrüße hinterlassen.

Danièlle hatte für Karl ein Kärtchen bereitgelegt, auf das sie ein kleines Herz gemalt hatte mit dem Zusatz: *pour mon petit frère Karl*. Der sehnte mit einem kleinen Stich im Herzen den Zeitpunkt herbei, an dem er von seinen Traumfrauen ernst genommen würde. Christian brachte Karl zum Zug. Sie drückten sich die Hand und Karl sagte:

„Ich danke dir, das war wirklich toll. Überlege doch mal, ob du Weihnachten auf Neujahr nach Deutschland kommen kannst. Ich organisiere dann eine große Party".

„Dann musst du mir deine Freundin vorstellen, ich würde gerne mit ihr tanzen und flirten", antwortete Christian schmunzelnd.

„Dann pass´ aber beim Blues auf, sie hat Silikonbrüste und außerdem eine Beinprothese", scherzte Karl.

„Ja, das dachte ich mir, tagsüber steht sie bei C&A im Schaufenster", gab Christian lachend zurück und winkte fröhlich zum Abschied.

Karl saß mit seinen Freunden Norbert, Yogi und Helmut zusammen. Gleich am Tag nach seiner Rückkehr aus Paris hatte er sich bei ihnen gemeldet und sie hatten sich bei Norbert zuhause getroffen. Dessen Eltern betrieben ein Weingut, was die Versorgungslage bei ihren Treffen komfortabel gestaltete. Es gab immer ausreichend zu trinken. Sie saßen in Norberts Zimmer und Karl musste minutiös berichten, was er erlebt hatte. Das tat er mit Stolz, wobei er den Besuch in dem Studentenlokal in *St. Germain* besonders ausführlich und in leicht verklärter Variation schilderte.

„Christian und ich trafen uns an einem Abend mit einer Studentenclique im *St. Germain des Prés*-Viertel. Da wimmelt es von Lokalen und die Straßen sind voll von Künstlern und Studenten. Ihr könnt euch nicht vorstellen, was dort an tollen Mädels herumläuft. Wir saßen an einem Tisch und die Jungs diskutierten über Fußball, Politik und Studentenbuden. Als mir das zu langweilig wurde, holte ich mir vom Nachbartisch ein Mädel zum Tanzen. Erst rockte ich mit ihr über die Tanzfläche, dann kam ein Blues und ich nahm sie eng in den Arm. Das gefiel ihr gut und wir knutschten ein wenig. Ich glaube, sie war richtig verliebt. Christian kam dann irgendwann und machte darauf aufmerksam, dass wir gehen müssten".

Die drei Freunde betrachteten Karl mit neugierigem Respekt.

„Und habt ihr euch wiedergesehen?", fragte Yogi.

„Sie hat mir ihre Adresse gegeben, aber ich habe das eigentlich nur als kurzen Flirt betrachtet", antwortete Karl mit gespielter Lässigkeit. Er sah seine Freunde forschend an: Hatte das überzeugend geklungen? Er war eigentlich kein Angeber, aber er konnte hier doch keinesfalls zugeben, dass er Jahre seines Lebens dafür gegeben hätte, Marie-Helène wiederzusehen.

Norbert hatte seine neue LP von den *Beatles* aufgelegt, Helmut hatte Wein nachgeschenkt und die Vier überlegten, ob man für die gemeinsame Skiffle-Band noch einen Posaunisten suchen solle.

„Ich habe Christian in den Weihnachtsferien eingeladen. Da müssen wir meinen Partykeller herrichten und alle verfügbaren Mädels einladen", leitete Karl ein neues Thema ein. Seine Eltern hatten ihm einen Kellerraum zur Verfügung gestellt, den er sich mit seinen Freunden zum Feiern liebevoll hergerichtet hatte.

„Hoffentlich hat dein Freund Christian keine allzu schlechte Erinnerung an seinen letzten Besuch im Keller", warf Norbert ein, „wisst ihr noch, wie wir ihn erst in den Garten zum Kotzen und dann in sein Bett schleppen mussten?"

Alle lachten und Karl erzählte, dass man in Studentenkreisen in Paris fast keinen Alkohol trank, jedenfalls nicht, wenn man ausging.

„Und ich habe doch tatsächlich gedacht, das wäre eine interessante Stadt", bemerkte Yogi desillusioniert.

„Man lebt dort völlig anders als hier", warf Karl ein, „du denkst, du bist in einem Ameisenhaufen. Die Leute sind gut gekleidet, gehen regelmäßig in Restaurants, besuchen Kunstausstellungen und diskutieren alles. Es wird natürlich viel getrunken, aber hauptsächlich zum Essen und nie bis zum Umfallen. Das kann man sich gar nicht leisten, weil es so viel zu erleben gibt. Ich hätte große Lust, dort eines Tages zu leben. Man müsste viel intensiveren Kontakt mit den Franzosen pflegen. Wenn man in Frankreich ist und sieht, was dort anders als bei uns gemacht wird, fängt man überhaupt erst an, sich über unsere eigenen Gewohnheiten Gedanken zu machen. Die sind uns in vielen Dingen voraus".

Helmut griff diesen Gedanken auf und bemerkte witzelnd:

„Na ja, das kann ich so nicht bestätigen. Meine ältere Schwester war einmal im Elsass zu einem Festessen eingeladen. Sie erzählte, dass die Mahlzeit überwältigend war, sie aber Heimweh nach einem Klosett mit Wasserspülung bekam, als sie das stille Örtchen aufsuchen musste".

„Wenn ich von Frankreich spreche, meine ich natürlich Paris", gab Karl indigniert zurück, „ein Plumsklo findest du im Hunsrück auch noch".

Sie berieten ausführlich, welche Mädels man einladen könne. Dabei waren einige gesetzt, weil sie zur Clique gehörten, wie zum Beispiel Marita, die feste Freundin von Helmut. Oder Birgit, deren Mutter ein angesehenes Weingut am Ort betrieb. Sie hatte keinen Freund, obwohl sie ausgesprochen attraktiv war. Karl schwärmte heimlich für sie, aber sie war zwei Jahre älter als er und betrachtete ihn auch als kleinen Bruder. Bei ihr hatte er vor knapp zwei Jahren seinen ersten Rausch bekommen, als Marita ihn eines Nachmittags mitgenommen hatte. Es hatte Trester gegeben, einen aus den Rückständen der Weinpresse hergestellten Schnaps, und die beiden Mädels hatten Karl mit dem Spruch: *Trink Trester, mein Bester* animiert. Dabei hatten sie ihn in ihre Mitte genommen und sich amüsiert, indem sie ihn gleichzeitig auf die Wangen geküsst und abwechselnd umarmt hatten. Karl hätte sich im siebten Himmel wähnen können, aber ihm war bewusst, dass die Mädels sich über ihn lustig machten. Es war die Tragik seiner jungen Jahre, dass die Objekte seiner Träume ihn als netten kleinen Jungen betrachteten, mit dem man sich die Zeit vertrieb, während man nach der großen wahren Liebe suchte. Selbst als er Freundinnen in seinem Alter kennen lernte, verließ ihn die Sehnsucht nach unerreichbaren, schönen und lebenserfahrenen Frauen nicht. Dieser Komplex verlor sich erst in viel späteren Jahren, als er Hochschulassistent war und die hinreißend aussehende fast vierzigjährige Frau eines Mannschaftskollegen im Tennisclub eine richtige Affaire mit ihm begonnen hatte.

Die vier Freunde ließen die Namen aller ihnen bekannten Mädels Revue passieren und diskutierten deren Tauglichkeit für das Fest im Kreise der französischen Gäste. Das artete in ein echtes Männergespräch unter Halbwüchsigen aus, und keine ihrer Freundinnen hätte jemals noch ein Wort mit ihnen gewechselt, wenn sie Wind davon bekommen hätten, nach welchen Kriterien diese Triage erfolgte. Aber die Vier wussten sich ungehört und mit jedem Glas Wein und jedem neuen Spruch stieg die Stimmung, man lachte ausgelassen und fühlte sich als das „starke Geschlecht". Es war wohl der Zeitgeist, der von einem angehenden Mann einforderte, sich gegenüber dem weiblichen Geschlecht als Macho zu präsentieren. Und je schwächer man sich im realen Umgang mit Mädels fühlte, desto stärker stellte man sich im Gespräch unter „Männern" dar. Der von den Eltern übertragene verklemmte Umgang der Geschlechter untereinander mit seinem gefestigten Rollenbild zeitigte skurrile Auswüchse. Das Beruhigende an den verbalen Entgleisungen der vier weinseligen Festplaner war, dass sie im wirklichen Leben der Damenwelt so gegenübertraten, dass jeder Tanzlehrer ihnen ein einwandfreies Zeugnis ausgestellt hätte. Der Suff mit seinen verbal-sexistischen Exzessen hatte in gewisser Weise purgatorische Wirkung.

Kapitel 3

Völkerverständigung bei Moselwein

„Ich will nicht wieder in der Mitte sitzen. Das ist unfair, Christian und Dany suchen sich immer die besten Plätze an den Fenstern aus“, protestierte Patrice lauthals.

Die Familie Haure war im Aufbruch begriffen. Es war der zweite Weihnachtsfeiertag. Der zwischen Christian und Karl im vorletzten Sommer verabredete Besuch war von den Familienoberhäuptern abgesegnet worden. Karls Eltern waren sofort begeistert gewesen, als er den Vorschlag unterbreitet hatte, Christian mit seiner Familie zwischen Weihnachten und Neujahr einzuladen. Christians Vater war dagegen zunächst zögerlich.

„Wie soll das zeitlich gehen? In diesem Jahr kann ich keinen längeren Urlaub mehr nehmen und im nächsten Sommer wollen wir in die Bretagne. Dann käme erst wieder die Weihnachtszeit in Frage. Da müssten wir eigentlich nach *Tarbes*, um an dem Haus einiges instand zu setzen“, sagte er und fügte hinzu: „ihr könntet dann auch mal wieder Ski laufen“.

Patrice schloss sich ihm an. Er hatte im Gegensatz zu seinen Geschwistern eine enge Bindung an das von den Großeltern erbaute Haus am Rande der Pyrenäen. Er war im Vorschulalter oft bei den Großeltern gewesen, hatte im Haus ein eigenes Zimmer und sein Großvater hatte ihn regelmäßig mit zum Angeln genommen Er kannte dort viele Jungs und spielte in der örtlichen Hockeymannschaft mit, wenn er vor Ort war. Christian war dagegen ein Kind der Großstadt; er liebte es, mit seinen Freunden durch Paris zu streifen und immer wieder etwas Neues zu entdecken. Für Danièlle waren die Basken Spießer; mit Ausnahme der *Côte d'Azur* hielt sie ganz Südfrankreich für ein Entwicklungsland.

Nun war es an Maman, sich zu der Einladung nach Deutschland zu positionieren. Alle blickten erwartungsvoll zu ihr. Sie hatte im Grunde ihres Herzens auch wenig Neigung, die Tage nach Weihnachten mit Hausreparaturen in Tarbes zu verbringen. Sie kannte ihren René mit seinem Hang zum Perfektionismus. Die Tage würden mit Instandsetzungsarbeiten ausgefüllt sein. An Restaurantbesuche oder gemütliches Shoppen in *Lourdes* wäre nicht zu denken. Sie wählte aber für ihre Antwort den diplomatischen Weg:

„Du hast im Grunde genommen Recht, René, eigentlich müssten wir zum Haus fahren. Andererseits schulden wir Kurt und Nelly schon lange einen Gegenbesuch. Und für die Reparaturen am Haus ist die Winterzeit doch auch nicht optimal. Rufe doch erst einmal bei Kurt an und frage, ob es dort überhaupt passen würde, dann können wir immer noch eine Entscheidung treffen".

Danièlle machte geltend:

„Papa, du erzählst doch oft, wie wichtig es für ein einiges Europa ist, dass die Jugend der Länder sich untereinander kennen lernt. Ich war noch nie in Deutschland. Wir müssen jetzt die Gelegenheit nutzen".

Christian warf ihr einen Blick des Dankes zu. Er hatte seiner Schwester von seinem Ferienaufenthalt bei Karl viel erzählt; dass mehrere Freunde von Karl in ihrem Alter seien, man mit eigener Band Musik mache und sich abendlich in einem Partykeller treffe. Damit hatte er das Interesse seiner jungen lebenslustigen Schwester geweckt. Patrice zog sich schmollend zurück; er ahnte, wie die Entscheidung am Ende ausfallen würde. René rief an einem der darauffolgenden Tage bei Kurt an. Die Verständigung war ziemlich holprig, aber als Kurt endlich verstanden hatte, rief er mit Begeisterung in den Hörer:

„*Très bien, venez aussi tôt que possible*, kommt so bald wie möglich".

Damit stand der Termin für die nächste Weihnacht fest. Der Sommerurlaub in der Bretagne wurde gestrichen, um die Arbeiten am Haus in *Tarbes* zu erledigen.

Christian und Karl hatten die Details geregelt und so kam es, dass die

Familie sich auf die Reise gemacht hatte. Die beiden älteren Geschwister hatten auf der Rückbank flugs die Fensterplätze besetzt und für Patrice blieb der Platz in der Mitte. Sein Protest war also durchaus berechtigt. Die Familie hatte einen schon etwas betagten *Citroen dix-neuf*, einen geräumigen Reisewagen, der für drei Personen auf der Rücksitzbank eigentlich genügend Platz bot. Nur musste dort noch der Beauty-Case von Maman untergebracht werden, sodass der Platz in der Mitte knapp wurde. Christian schaffte Abhilfe, indem er das Köfferchen kurzerhand in den Fußraum stellte. Als Danièlle dann noch ihren kleinen Bruder in den Arm nahm und ihn zu sich herüberzog, sodass er auch aus dem Fenster schauen konnte, war er versöhnt.

„Du hättest die erste Abfahrt nehmen müssen, wir sind falsch", rief Georgette aufgeregt.

Sie hatte die Straßenkarte vor sich und navigierte. René war kein besonders routinierter Autofahrer. Im Dienst hatte er seinen Fahrer und privat nahm er in der Stadt die Metro; seinen Pkw nutzte er nur für größere Einkäufe oder die Fahrt in die Ferien. Er kannte seine Defizite und war die Kritik seiner Frau gewohnt. Sie waren in Trier und mussten die Richtung nach Koblenz nehmen.

Bis hier war die Fahrt ruhig verlaufen. In *Thionville* hatten sie Rast gemacht und etwas gegessen. Sie hatten jetzt noch ungefähr einhundertfünfzig Kilometer vor sich. René hielt bei nächster Gelegenheit an, nahm die Karte zur Hand und zeigte seiner Frau, wie sie wieder auf die richtige Strecke zurückfinden konnten.

„Und sag´ mir bitte immer rechtzeitig, wann ich abbiegen muss, das spart Zeit".

Georgette nahm den leisen Vorwurf widerspruchslos hin. Sie bewunderte ihren Mann für seine stoische Ruhe, mit der er die kleinen Widerwärtigkeiten des Alltags überging. Ein Außenstehender hätte ihn für phlegmatisch halten mögen, aber sie wusste, wenn es darauf ankam, reagierte er mit der Schnelligkeit einer Natter und traf seine Entscheidungen im Handumdrehen, noch bevor andere begriffen, worum es ging. Er war aus diesem Grunde von seinen Mitarbeitern hoch geachtet und auch ein wenig gefürchtet. Er hatte als Kommandant der Feuerwehr im Großstadtzentrum ständig mit Katastrophen zu tun, da galt es, Ruhe und Übersicht zu bewahren. Nervosität würde sich auf seine Leute übertragen und Fehler auslösen. Er sorgte dafür, dass seine

Mannschaften über die beste Ausrüstung verfügten und unterzog sie einem ständigen harten Training. Bei den Leistungswettbewerben der Feuerwehren untereinander erwartete er, dass sie den ersten Platz holten und behielten. Das verlieh ihnen die Souveränität, in Notlagen unaufgeregt und entschlossen zu handeln. Er selbst hatte sich mit diesen Eigenschaften bei der Explosion in der *Rue d'Oslo* bewährt, bei der es 14 Tote gegeben hatte. Sein Einsatz hatte zu seiner Beförderung geführt.

„Wären wir nach *Tarbes* gefahren, hätte uns das nicht passieren können, den Weg kennt Papa auswendig“, glaubte Patrice das kleine Missgeschick kommentieren zu müssen, um seiner Unlust an dieser Reise nochmals Ausdruck zu verleihen.

„Wenn du nicht sofort ruhig bist, verbinde ich dir den Mund“, fuhr Christian ihn an, „Papa ist ein guter Autofahrer, der im Krieg noch ganz andere Wege gefunden hat“.

Dabei rempelte er seinen kleinen Bruder unsanft an. Jetzt musste Maman einschreiten. Sie war die Wortgefechte zwischen ihren Söhnen gewöhnt und wenn diese gelegentlich ins Proletenhafte abglitten, gab es Stubenarrest. Hier ging das nicht, deshalb wollte sie vorbeugen. Als sie sich mahnend nach hinten wendete, fiel ihr Blick auf ihren Beauty-Case, der auf dem Boden stand und als Fußstütze diente. Das war schlecht.

„Ihr seid wohl verrückt geworden“, fuhr sie die beiden an, „sofort den Koffer nach oben“.

„Dann habe ich zu wenig Platz“, klagte Patrice, „Christian hat mir erlaubt, das Ding nach unten zu stellen“.

„Dann nehmt ihr ihn abwechselnd auf den Schoß, du Christian zuerst“, befahl Maman.

Christian bedachte seinen Bruder mit einem vorwurfsvollen Blick. Trotz ihrer ständigen Rangeleien waren sie einander aber sehr zugetan. Gegenüber Dritten standen sie fest zusammen. Als Patrice in den ersten Schuljahren war, verwies er gegenüber seinen Klassenkameraden gern auf den großen Bruder, wenn tätliche Auseinandersetzungen drohten. Das verschaffte ihm Autorität und dafür liebte er seinen Bruder. Zuhause kämpften sie um ihre Stellung im Rudel der Familie. Das nervte ihre Mutter und irgendwann hatte sie ihren Mann gebeten, ein Machtwort zu sprechen. Der hatte das milde lächelnd abgelehnt und gesagt, solche Streitereien seien notwendig, um sich für das Leben zu wappnen.

Die Fahrt entlang der Mosel zog sich hin. Im Sommer genossen die Touristen den idyllischen Blick auf die rebenbestandenen und von der Sonne umschmeichelten Hänge, die sich an beiden Seiten der Mosel, nach Süden zum Hunsrück hin und nach Norden zur Eifel hin, erhoben. Jetzt bot sich dies alles in wolkenverhangenem tristem Grau dar. Das Wasser der Mosel floss träge dahin, war dunkel und wirkte bedrohlich. Nicht einmal der sich wiederholende spärliche Weihnachtsschmuck in den Ortsdurchfahrten konnte die Stimmung aufhellen. Die Gasthäuser waren fast alle geschlossen und als eine sanitäre Pause notwendig wurde, fand René mit Mühe ein offenes Lokal. Danièlle beschlichen schon leise Zweifel, ob sie sich richtig entschieden hatte. Gegenüber dem gewohnt üppigen Pariser Weihnachtsschmuck, der langen Reihe von Weihnachtsständen am unteren Ende der *Champs-Élysées* und der von freudiger Ungeduld geprägten Atmosphäre in den großen Kaufhäusern war dies hier trostlos. Christian unterbrach die bedrückende Monotonie und sagte:

„Papa, diese Gegend war doch nach dem Krieg französische Besatzungszone. Hat man den Deutschen nicht beigebracht, ordentliche Straßen zu bauen?"

„Deutschland musste zuerst die zerstörten Städte wieder aufbauen. Das hatte Vorrang vor dem Ausbau der Dorfstraßen.. Aber es gibt inzwischen ein deutsch-französisches Abkommen, wonach die Mosel für die Schifffahrt ertüchtigt wird. Dann werden auch Umgehungsstraßen für die Dörfer hier gebaut", erwiderte René.

Dazu fiel Patrice etwas ein:

„Dann kommen wir beim nächsten Mal mit einem Schiff. Da haben wir genügend Platz für die Koffer von Maman und müssen auch nicht mehr nach einer Toilette suchen".

Diese Blödelei hob die Stimmung wieder etwas und als Maman verkündete, man habe jetzt nur noch knappe dreißig Kilometer zu fahren, atmeten alle auf. Danièlle machte geltend, nach der Ankunft als erste zur Toilette gehen zu müssen.

„Das ist kein Problem, ich erinnere mich noch an einen großen Baum im Garten", sagte Christian gut gelaunt.

„Benehmt euch bitte ordentlich, ich möchte mich nicht für meine Kinder schämen müssen", mahnte Maman.

„Da brauchst du keine Sorge zu haben, die ganze Familie ist locker und humorvoll, bei denen wird viel gelacht", erwiderte Christian und fügte beruhigend hinzu: „es gibt zwei Toiletten im Haus, Danièlle muss nicht in den Garten".

Als sie das Ortsschild endlich vor sich sahen, dirigierte Christian:
„Papa, in die zweite Unterführung unter dem Bahndamm musst du links abbiegen, dann sofort rechts und die nächste Kurve links; danach sieht man das Haus rechts liegen".

Das Haus war nicht mehr zu verfehlen. Es strahlte im weihnachtlichen Lichterglanz. Am Eingang waren alle Lampen erleuchtet, eine Lichterkette zog sich bis zum ersten Stockwerk, wo man in einem Wintergarten einen Weihnachtsbaum im festlichen Ornat erblickte. Die ganze Familie stand im Eingang zum Empfang bereit. Karl hatte seit zwei Stunden die Straße im Auge behalten, und als der französische Wagen um die Ecke bog, die Familie alarmiert. Die Begrüßung artete in ein Drücken und Küssen ohne Ende aus, bis Danièlle ihren Bruder nach der Toilette fragte. Karls Mutter hatte dies mitbekommen und bat schuldbewusst alle, schnell ins warme Haus zu kommen.
„Die Gästetoilette ist neben dem Eingang, im ersten Stock ist noch eine Toilette", sagte sie, „wenn ihr euch eben frisch machen wollt, nehmt das Badezimmer oben".
Kurt nahm Georgette am Arm und führte sie über eine breite Treppe vom Vestibül in das Wohnzimmer, das im ersten Stock lag und offen in einen Wintergarten überging. Von hier blickte man in den Garten hinab, der ebenfalls weihnachtlich erleuchtet war. Karl war mit Christian den Vätern gefolgt. Als Christian ihn bei der ersten Begrüßung umarmt hatte, war Karl aufgefallen, dass Christian gewachsen war. Er überragte ihn jetzt deutlich.
„Hey, du bist mir zu groß geworden, ich umarme lieber deine Schwester" sagte er.
Aber Danièlle war schon ins Haus entschwunden. Als alle im Wohnzimmer Platz genommen hatten, goss Karls Vater die bereit stehenden Sektgläser voll und brachte einen Toast als Willkommensgruß aus. Man sah den Gästen an, dass die Strapazen der Fahrt allmählich von ihnen wichen. Jetzt begann das Erzählen. Auf Kurts Frage, wie die Reise verlaufen war, antwortete René, dass es keine Komplikationen gegeben habe. Das ließ Patrice so nicht stehen und sagte:

„Ich musste auf der Rückbank in der Mitte sitzen, das war kaum auszuhalten. Und unterwegs war in den Dörfern alles geschlossen, wir haben mit Mühe ein Gasthaus mit einer Toilette gefunden. Das Autofahren entlang der Mosel ist sehr mühselig. Aber Papa erzählte, dass man bald mit einem Schiff zu euch kommen kann, darauf freue ich mich. Dann kann ich unterwegs meine Angel auswerfen und euch frische Fische mitbringen".

Karl antwortete ihm lachend:

„Das dauert vielleicht noch eine Weile, aber du kannst in den nächsten Tagen schon einmal eine Schiffstour machen. Mein Vater hat ein Auto, mit dem man auch im Wasser fahren kann".

Das wollte keiner glauben. Kurt erklärte:

„Der Ausbau der Mosel hat im vergangenen Jahr begonnen und ich habe mit meinem Unternehmen viele Aufträge zur Uferbefestigung bekommen. Für die Überwachung der Arbeiten und die behördlichen Abnahmen muss man auf das Wasser. Bis die Behörde ein Boot für die Abnahme meiner Arbeiten organisiert hat, dauert es meistens lange, und ich muss auf mein Geld warten. Ich habe eine Firma gefunden, die baut sogenannte *Amphicars*. Das habe ich ausprobiert und ein Fahrzeug gekauft. Mit dem Auto kann ich an Fähranlegestellen ins Wasser fahren, schalte zwei Propeller ein und fahre im Wasser weiter. Den Leuten von der Behörde gefällt das gut, sodass ich jederzeit die Abnahmen auf schnellstem Wege erreiche. Wir können in den nächsten Tagen eine Probefahrt machen."

Das fand Patrice umwerfend und sein Groll über diese Reise wich seiner Neugier. Er hinterfragte alle technischen Details und resümierte:

„Dann hätte ich meine Angelsachen mitbringen sollen".

René wollte das auch gerne erleben, nur Georgette verweigerte sich; der Anblick des tiefdunklen Flusses hatte ihr Angst gemacht. Sie war nicht abergläubisch, aber wenn ihr jemand erzählt hätte, dass in der Tiefe des Wassers Dämonen ihr Unwesen trieben, wäre ihr dies glaubhaft erschienen.

Man hatte beim Erzählen fast die Zeit vergessen, da meldete sich Nelly zu Wort:

„Ihr müsst doch Hunger haben; ich habe unten im Esszimmer eingedeckt und das Essen steht in der Küche bereit. Ich schlage vor, dass ihr in zehn Minuten herunter kommt. Dann steht alles auf dem Tisch".

Sie stand auf und ging nach unten. Georgette und Danièlle begleiteten sie, um zu helfen. Nelly hatte eine indonesische Reistafel vorbereitet. Französische Küche kannte sie nicht und ein deutsches Gericht wollte sie nicht am ersten Abend auftischen. Die indonesische Reistafel kannte sie aus ihrem Elternhaus, das war in Holland als Relikt der kolonialen Vergangenheit ein beliebtes Feiertagsessen. Es besteht aus mindestens einem Dutzend verschiedener Gerichte, die mit Fisch, Fleisch, Gemüse und Salaten variiert werden. Dazu kommen indische Gewürze und mehrere Schüsseln mit Reis. Die Vorbereitung war extrem zeitaufwendig und Karl konnte sich nicht erinnern, wann es dieses Gericht zuletzt gegeben hatte.

Auf dem Weg zum Esszimmer sagte Kurt zu René, dass für die Kinder Unterkunft im Haus vorbereitet sei und dass er für ihn und Georgette ein Hotelzimmer in der Nähe reserviert habe; die Rezeption sei benachrichtigt, dass man etwas später zum Einchecken komme. Nach dem Essen werde er sie begleiten.

Als sie zu Tisch saßen und nach dem Dessert einen Mokka tranken, fragte Kurt, ob René und Georgette bestimmte Pläne für ihren Besuch hätten; er könne Karten für Konzert, Theater oder Museum besorgen. Karl schmunzelte still. Er war sich sicher, dass sein Vater nicht einmal wusste, wo er diese Kulturstätten zu suchen hätte. Aber René lehnte dankend ab, man wolle sich nur in Ruhe erholen, durch die Weinberge spazieren, ein wenig den hiesigen Wein kennenlernen und vielleicht in Koblenz das *Deutsche Eck* besichtigen; man solle von Tag zu Tag entscheiden, was man unternehmen wolle.

„Vor der Fahrt mit dem *Amphicar* sollten wir noch einen Schwimmkurs machen", regte Patrice an.

„Völlig unnötig", warf Christian ein, „in der Mosel wimmelt es von Kraken, wenn du über Bord gehst, warten die schon".

Alle lachten, nur Georgette lief ein kleiner Schauer über den Rücken.

Am nächsten Tag klingelte es an der Haustür. Norbert, einer von Karls engsten Freunden, kam zu Besuch. Er habe gesehen, dass die französischen Freunde angekommen seien und wolle nachhören, wann die verabredete große Party stattfinden solle, man müsse dafür sicher noch eine Menge Dinge vorbereiten. Damit hatte er Recht. Als Karl von seinem Besuch in Paris seinerzeit zurückgekehrt war, hatte er angekündigt, dass man ein richtiges Fest in seinem Partykeller organisieren müsse, wenn Christian mit seiner Familie zum Gegenbesuch komme.

Damals hatten sie bei Norbert auf seinem Zimmer zusammen gesessen und Karls Erzählungen gelauscht. Der enge Zirkel bestand aus Karl, Norbert, Helmut und Jürgen, den sie Yogi nannten, weil er in Größe und Leibesumfang einem Bären glich. Er war es auch, den Christian seinerzeit als dem Obelix ähnlich verunglimpft hatte. Norbert war ein Klassenkamerad von Karl. Er entstammte einer alteingesessenen Winzerfamilie mit einem der großen Weingüter am Ort. Sie hatten damals überlegt, was an Karls Partykeller noch herzurichten war und wen man einladen solle. Da aber bis zu dem Besuch noch viel Zeit vergehen würde, hatten sie dies aufgeschoben und sich dem Genuss von Norberts neuester *Beatles*-LP und seinem Wein hingegeben.

Karls Partykeller war ihr gemeinsamer Stolz. Als Karl in dem Alter angelangt war, in dem Jungens nach draußen drängen, am Wochenende mit Freunden umherziehen wollen und anfangen, Alkohol zu trinken, hatten sich seine Eltern Gedanken gemacht, wie sie diese Entwicklung halbwegs unter Kontrolle halten könnten. Die Lösung war über die Musik gekommen. Helmut war sehr musikalisch, hatte Geige spielen gelernt und dem Mainstream folgend ein Tenorbanjo angeschafft. *Irish Folk* war ‚in‘ und *Lonnie Donnegan* ein Idol. Helmut spielte und die anderen sangen im Chor. Als nächster hatte sich Norbert ein Skiffleboard besorgt, dann hatte Karl seine Trompete gegen ein Banjo eingetauscht – Trompete lag ihm nicht, weil er immer aus dem Takt fiel. Für den völlig unmusikalischen Yogi war ein Bass gebaut worden, bestehend aus einer Holzkiste, an der man einen Besenstiel senkrecht befestigte. Von dessen oberem Ende wurde eine Plastik-Wäscheschnur gespannt, die kräftig gezupft dumpfe Töne abgab. Die Übungsstunden fanden überwiegend bei Karl zuhause statt. Dort war ein Kellerraum übrig, der die Lärmbelästigung für die Nachbarn erträglich machte. Die musikalische Qualität hielt sich in engen Grenzen, das Entwicklungspotenzial auch; sie hatten aber alle großen Spaß. Marita, Birgit und gelegentlich auch andere Mädels und Freunde kamen gerne zu einer *Session*. Als Karls Eltern erkannt hatten, dass hier der Schlüssel lag, um ihren Sohn von der Straße fern zu halten, hatten sie erlaubt, dass die Jungs sich aus dem Getränkekeller bedienen durften. So hatten die Stunden des Musizierens schleichend den Charakter von Fêten angenommen.

Eines Tages war Karls Vater mit dem Vorschlag auf sie zu gekommen, sich den Kellerraum etwas gemütlicher herzurichten. Das hatte wie eine Bombe eingeschlagen; die Jungs hatten sich überschwänglich bedankt und sich in die Planung eines Partykellers gestürzt. In der Folgezeit waren die Wände egalisiert und gestrichen worden, Sitzbänke in eine Ecke gebaut und eine große Theke installiert worden. Dazu hatte Yogi eine gewaltige Holzplanke organisiert, die sie so lange schliffen, strichen und polierten, bis sie eine spiegelblanke Oberfläche aufwies. Ein Eye-Catcher wurde ein in rotes Leder gekleideter Autositz, der aus einem amerikanischen Sportwagen stammte. Hier konnte dicht gedrängt ein Pärchen sitzen. Helmut hatte dieses Glanzstück auf einem Autofriedhof entdeckt. Ihm und Marita gebührte deshalb der erste Zugriff, darin waren sich alle einig. Sogar die Rückenlehne ließ sich noch nach hinten verstellen. Das hatte Yogis Fantasie angeregt. Er sagte:

„Hör mal Helmut, wenn du möchtest, besorge ich noch einen Paravent, mit dem wir euch beide vor neugierigen Blicken von der Theke abschirmen können".

Das fand Helmut unverschämt.

„Du siehst zwar aus wie ein Mensch, bist in Wahrheit aber ein Ferkel", hatte er geantwortet, „Marita und ich werden dort überhaupt nicht sitzen, der Sessel ist für Leute mit deiner Leibesfülle gemacht".

Aber Yogi war nicht zu beleidigen. Er hatte gut gelaunt geantwortet:

„Das passt, dann wird das mein Stammsitz. Da kann ich ohne aufzustehen in die Bierkiste greifen".

Die Dekoration der Wände war ein großes Thema. Jeder hatte überlegt, was er an Postern beisteuern konnte. Karl hatte in seinem Zimmer ein Filmplakat mit Brigitte Bardot aus dem Film *In Freiheit dressiert* hängen, das die Bardot kniend mit abgewinkelten Beinen und hinter dem Kopf verschränkten Armen in einem hautengen Zebrakostüm zeigte. Ein Sinnbild lasziver Weiblichkeit. Dieses Plakat hatte hinter der Theke einen Ehrenplatz bekommen. Auf den blanken Betonfußboden war ein alter Teppich gelegt worden, um der Staubentwicklung etwas Einhalt zu gebieten. Auf die Beleuchtung hatten die Jungs keinen besonderen Wert gelegt; ihnen genügte, dass die Theke genügend Licht hatte, um die Getränke zu erkennen. Im restlichen Raum sollte das gegenseitige Erkennen mehr dem taktilen Sensitivismus überlassen bleiben. Hier hatte Karls Vater interveniert. Er war großzügig in Bezug auf den Alkoholkonsum, aber dass diese einen Fummelschuppen einrichteten, duldete er nicht. So war eine Licht spendende Stehlampe neben den Eingang gekommen. Deren Stromverbrauch sollte sich aber in Grenzen halten; die Jungs versahen sie mit einer Art Notstromschalter, der es gestattete, die Lampe von der Bar aus schnell einzuschalten, wenn Erwachsene die Kellertreppe herunter kamen.

Karl hatte Norbert in das Esszimmer geführt, wo alle noch am Frühstückstisch saßen, und ihn Christians Familie vorgestellt. Um die freundlich-qualvolle Zeremonie der Erklärungen zur Person, zum Status der Beziehung zum Haus der Gastgeber und Ähnlichem, wie dies in solchen Situationen unvermeidlich ist, abzukürzen, lehnte Karl das Angebot seiner Mutter, für Norbert einen Stuhl herbeizuholen ab, indem er darauf verwies, dass man wichtige Vorbereitungen zur Party besprechen müsse, und sich in das Fernsehzimmer zurückziehe.
„Christian und Danièlle, kommt ihr mit?"
Danièlle zog es vor, ihr Frühstück in Ruhe mit der Familie zu beenden. Christian war dagegen schon eilfertig aufgestanden, er freute sich sichtlich, Norbert wiederzusehen. Als sie es sich gemütlich gemacht hatten, berichtete Norbert kurz über den Stand der Einladungen, dann lächelte er süffisant und fragte Christian, ob er sein letztes Fest im Partykeller noch in guter Erinnerung habe. Christian sah ihn argwöhnisch an. Spielte Norbert auf das für ihn etwas unrühmliche Ende an?

Damals hatte man im Partykeller ziemlich ausschweifend gefeiert. Neben dem engen Freundeskreis waren damals zwei Klassenkameraden und einige Jungs und Mädels aus dem weiteren Freundeskreis eingeladen. Marita hatte Birgit mitgebracht und Norbert war mit einer vielversprechenden jungen Dame aus dem Nachbardorf gekommen. Birgit war von Christian angetan, obwohl er deutlich jünger war als sie. Birgit hatte vor dem Abitur gestanden und wie alle Mädels vom Land den Traum von der großen weiten Welt geträumt. Paris war der Inbegriff der großen weiten Welt. So war Christian zur Projektionsfläche eines Mädchentraums geworden. Nun war er ein gut aussehender Junge, der den Umgang mit Mädels kannte. Schon bei seinem Besuch in Paris hatte Karl ihn darum still beneidet. Er hatte sich mit Birgit in einer ruhigen Ecke angeregt unterhalten, und ihre französische Sprachkenntnisse waren offenbar besser als Karl vermutet hatte, denn sie lachte zwischendurch immer wieder fröhlich auf. Karl freute sich einerseits, dass sein Freund sich gut unterhielt, andererseits quälte ihn ein kleiner Teufel namens Eifersucht. Birgit war eine von denen, für die er vom ersten Augenblick an mehr als bloße Sympathie empfand. Als er vor einiger Zeit mit seinen Freunden musiziert hatte, saß Birgit neben ihm; sie beugte sich etwas über ihn, um einen schwierigen Griff auf dem Banjo zu betrachten. Karl hatte die Gelegenheit zu einem flüchtigen Kuss nutzen wollen, aber sie lachte nur auf und setzte sich neben Marita. Das war deutlich. Aber sie blieb eine gute Freundin; als Karl eine kleine Liaison mit der bildhübschen Tochter eines örtlichen Gastwirts hatte, war es Birgit, die ihn davor warnte, etwas zu tun, was ungewollte Langzeitfolgen haben könnte.

Yogi hatte seine Lieblingsposition hinter der Theke eingenommen und sich mit Norbert und dessen neuer Freundin Diana unterhalten. Dabei sparte er nicht mit Komplimenten für die junge Dame, ließ es sich auch nicht nehmen, Norbert dafür zu bewundern, dass es ihm nach mancherlei Fehlschlägen gelungen sei, etwas „wirklich Brauchbares" an Land zu ziehen. So kannten die Freunde ihren Yogi, er scheute keine Peinlichkeit, und der *Knigge* war ihm so fremd wie die *Ilias* des Homer. Norbert war dabei von den vier Freunden derjenige, der bei allen Späßen die meiste Zurückhaltung zeigte. Er war zwar nicht etwa verklemmt, aber doch von besonnener Natur. Er kleidete sich mit mehr Sorgfalt als die anderen, sprach auch nie in dem heimischen Dialekt und hätte vom Habitus her gesehen einem Adelsgeschlecht angehören können. Er war einfach zu vornehm, um Yogi mit einer derben Antwort zu gesitteter Unterhaltung zu bringen. Dieser hatte seine Ausführungen mit der Aufforderung beendet:

„Es ist jetzt an der Zeit, dass du dich mit Diana auf die Tanzfläche bewegst. Ich lege euch *My old Man's a Dustman* von Lonnie Donegan auf den Plattenteller. Dann bekommt Diana einen Eindruck von unserer Musik", und zu Diana gewandt fuhr er fort: „das ist eines der Stücke, die Norbert mit einem Banjo-Solo spielt".

Norbert hatte die letzte Bemerkung mit einem fragenden Blick beantwortet; er war zwar inzwischen vom Skiffleboard zum Banjo aufgestiegen, aber noch Lichtjahre davon entfernt, ein Solo präsentieren zu können. Das gelang nur Karl, aber auch lediglich bei einem ihrer

Stücke und mit künstlerisch stark reduziertem Anspruch. Dafür hatte er Wochen geübt. Sie waren auf die Tanzfläche gegangen, wo sich Christian und Birgit zu ihnen gesellten. Andere Paare folgten. Karl hatte sich zu Yogi an die Theke begeben, von wo sie das Treiben beobachteten. Yogi ließ wechselnde Rhythmen folgen, mal Rock´n´ Roll, dann wieder Blues. Christian zog Birgit mit seinem tänzerischen Talent offenbar in seinen Bann. Beim Blues tanzten sie eng umschlungen und behielten diesen Modus auch bei, als der Rhythmus wieder schneller wurde.

„Dein Freund Christian ist wohl ein schlimmer Finger", hatte Yogi bemerkt, „in der guten alten Zeit wurden hier auswärtige Jungs verprügelt, wenn sie sich an einheimische Mädchen heranmachten".

„Na, dann warst du zu der Zeit wohl öfter im Nachbardorf zum Tanzen", erwiderte Karl spöttisch, „sei nett, dann bringt Christian vielleicht einmal seine Schwester mit; Danièlle ist eine Frau zum Schwärmen". So blödelten die beiden noch eine Weile herum, bis Yogi initiativ geworden war, indem er zwei Weingläser gefüllt hatte und zu Christian und Birgit auf die Tanzfläche gegangen war.

„Ihr Lieben, Völkerfreundschaften werden nicht beim Tanzen, sondern vor allem beim Trinken geschlossen. Und die Mosel steht weniger für weibliche Schönheit, sondern vor allem für ihren Wein. Zum Wohl".

Christian hatte ihn nicht verstanden und blickte fragend zu Birgit, aber als diese das Glas lachend entgegennahm, prostete er artig mit. Yogi wartete, bis sie ausgetrunken hatten und nahm die Gläser wieder mit. Die beiden tanzten noch eine Weile weiter, aber der erotische Bann war gebrochen. Birgit zog Christian mit an die Theke, wo Yogi bereits nachgefüllt hatte und jetzt die Musik abstellte. Als alle zu ihm blickten, richtete er sich mit gespielter Ernsthaftigkeit auf und sprach mit erhobener Stimme in die Runde:

„Ich möchte zu Ehren unseres französischen Freundes einen kleinen Toast ausbringen. Ihr alle kennt sicherlich aus dem Geschichtsunterricht die kriegerische Vergangenheit unserer Völker. Das ist gottlob vorbei. Ich selbst hatte aber noch die Gelegenheit, den Kampfesmut der Franzosen kennen zu lernen, als ich mit meiner Schulklasse in Frankreich zu Gast war. Wir waren nach *Montlucon* eingeladen, wo die Firma Dunlop Tennisbälle produziert. Die hatte den Aufenthalt gesponsert. Es gab einen Wettbewerb mit einer französischen Schulklasse im Tennis und im Fußball. Ich war bei den Fußballern in der Verteidigung. Das Tennismatch hatten wir schon hoch verloren, und jetzt ging es beim Fußball um unsere Ehre. Zwei wieselflinke Stürmer der Franzosen umspielten mich wiederholt mit Doppelpässen und ich wusste mir am Ende nur noch mit Körpereinsatz zu helfen. Das führte zu einer Keilerei und zum Spielabbruch. Mein Klassenlehrer schäumte vor Wut und sagte mir, die blutende Lippe und das blaue Auge wären wohl das Mindeste, was ich verdient hätte. Ich musste ihm insgeheim Recht geben. Am Abend gab es ein deutsch-französisches Treffen mit Bier und Würstchen. Ich ging an den Nachbartisch zu meinen Kontrahenten, um mich zu entschuldigen. Sie begutachteten mit einer gewissen Genugtuung meine Blessuren und luden mich ein, Platz zu nehmen. Sie reichten mir ein Bier und sagten, als Zeichen der Versöhnung und zum Neubeginn der Freundschaft wolle man mir einen Trinkspruch widmen. Wir hoben die Gläser und sie sangen:

Il est des nôtres

il a bu son verre comme les autres…

Bei jedem Bier wurde das wiederholt. Wir müssen sehr gute Freunde geworden sein, am nächsten Morgen wachte ich nämlich mit fürchterlichen Kopfschmerzen auf. Jetzt habe ich die Gelegenheit, dem Trinkspruch der Franzosen meine Referenz zu erweisen, indem ich mit Christian unsere Völkerfreundschaft vertiefe".

Während alle Beifall klatschten, prostete er Christian zu und begann zu singen. Dieser hatte nichts verstanden, aber das französische Säuferlied kannte er natürlich. Ihm dämmerte, dass er mittrinken und mitsingen sollte. Als Birgit ihm Yogis Ausführungen erläutert hatte, war sein Glas bereits wieder gefüllt und Yogi hob erneut an. Die Stimmung stieg. Irgendwann konnten alle mitsingen.

Mitternacht war überschritten, als Norbert und Helmut die Mädels nach Hause brachten. Das war für Karls Vater ein absolut unverzichtbarer Kavaliersdienst; er hatte den Jungs seinerzeit mit allem Nachdruck deutlich gemacht, dass der Keller auf der Stelle geschlossen würde, wenn er es erlebte, dass ein Mädchen nach Einbruch der Dunkelheit unbegleitet nach Hause gehen müsste. Daran hielten sie sich, egal wie hoch der Alkoholpegel stand.

Als Norbert und Helmut zurückgekehrt waren, standen nur noch Karl und Yogi mit Christian an der Theke und hielten sich mit den verbliebenen Alkoholika aufrecht. Alkoholkonsum führt im Regelfall zu eingeschränkter Artikulationsfähigkeit, er reduziert aber auch

Sprachhemmnisse; jedenfalls war fest zu stellen, dass Christian sich mit Karls Freunden auf lebhafteste Art und Weise in Französisch und Englisch unterhielt und zunehmend auch deutsche Begriffe in seinen Sprachschatz aufnahm.

Das ging so, bis er schließlich mit schwerer Zunge ankündigte, sich übergeben zu müssen. Vom Kellerflur gab es zum Glück einen direkten Ausgang zum Garten. Helmut und Yogi hakten Christian schnell unter und schleppten ihn auf den Rasen. Anschließend halfen sie noch, ihn in sein Bett zu bringen, wo Karl vorsorglich einen Eimer bereitstellte. An die Theke zurückgekehrt tranken die Freunde noch ihre Gläser aus und machten sich dann auf den Heimweg. Yogi, der einen weiten Weg hatte, nahm seinen ersten Schlaf in dem roten Autosessel und schlich sich erst in der Frühe nach Hause. Christian benötigte zwei Tage, um wieder in Form zu kommen. Seine Hauptsorge war, dass seine Eltern nichts über diesen Vorfall erfahren durften. Karl musste heftige Vorhaltungen seiner Mutter über sich ergehen lassen.

Jetzt galt es, den Stand der Dinge zu besprechen. Norbert informierte darüber, dass er mit Helmut, Marita und Yogi bereits die Gästeliste vorbereitet und Einladungen unter Vorbehalt ausgesprochen habe.

„Ich hoffe, das war nicht voreilig, aber du warst in den letzten Tagen nicht zu erreichen, und wir hatten Sorge, die Leute könnten sich etwas anderes vornehmen. Wir haben auch nur diejenigen eingeladen, die schon einmal hier waren", fügte er entschuldigend hinzu.

„Das ist o.k., du weißt doch, dass meine Eltern in dem Punkt keine Probleme machen", erwiderte Karl.

Er hatte mit seinen Eltern abgestimmt, dass die Party an Silvester stattfinden konnte. Bezüglich der Getränke wollten sie es so handhaben, dass Karl für Bier und Schnaps sorgen werde, Norbert dagegen den Wein stelle.

Als Karl für Christian übersetzte, worum es im Wesentlichen ging, warf dieser besorgt ein:

„Ihr sorgt aber bitte dafür, dass Yogi nicht wieder sein französisches Trinklied mit mir anstimmt. Ich darf in Anwesenheit meiner Familie auf keinen Fall zu viel trinken".

Norbert beruhigte ihn:

„Wir trinken auch nicht immer so viel wie damals; da ging es um deine Feuertaufe. Die Jungs werden sich jetzt in Anwesenheit deiner

Schwester wie Chorknaben benehmen. Wir alle sind sehr gespannt, sie kennen zu lernen. Yogi hat schon seine alten französischen Schulbücher hervorgeholt und übt heimlich. Birgit ist hellauf begeistert von dem Gedanken, sich mit einem gleichaltrigen Mädel aus Paris austauschen zu können; sie will übrigens auch eine Kiste Wein vorbeibringen lassen. Ich fürchte, sie wird die beste Sorte nehmen, um meinen Wein zu überbieten; unsere Weingüter stehen hier im Ort seit Generationen im Wettbewerb. Aber ich finde das in Ordnung, Birgit ist ein prächtiger Kumpel".

„Ah, Birgit", sagte Christian bedeutungsvoll, „ich freue mich sehr, sie wiederzusehen".

Dabei dachte er insgeheim, an die gefühlvolle Annäherung bei ihrem letzten Treffen anknüpfen zu können. Später, als Norbert wieder gegangen war, konnte Karl es sich nicht verkneifen, ihm zu sagen:

„Sei nicht enttäuscht, wenn Birgit sich mehr für Danièlle als für dich interessiert. Deine Schwester ist in ihrem Alter und Birgit brennt bestimmt darauf, zu erfahren, wie man in Paris lebt, wie man sich kleidet, wohin man ausgeht und wie es mit den Jungs ist. Da bist du nur noch der kleine Bruder".

Aber Christian war viel zu sehr von sich selbst überzeugt, um sich von Karls Worten desillusionieren zu lassen.

„Solange Birgit nicht mit meiner Schwester tanzen will, bleibe ich im Rennen", antwortete er zuversichtlich.

Die folgenden Tage verliefen entspannt. Kurt, Nelly, René und Georgette machten unterhaltsame Ausflüge in die Umgebung und Spaziergänge durch die umliegenden Weinberge, sie besuchten einen Wochenmarkt in Cochem und das Deutsche Eck in Koblenz. Die Nachmittage verbrachten sie bei Kaffee und Kuchen. Karl war mit der Herrichtung des Partykellers beschäftigt, Christian, Danièlle und Patrice gingen ihm dabei eifrig zur Hand. Norbert hatte sie an einem der Tage zu einer Besichtigung des elterlichen Weingutes eingeladen. Er fuhr mit ihnen durch die Weinberge und erläuterte, aus welchen Lagen der beste Wein gewonnen wurde. Mit einem gewissen Stolz zeigte er den gewaltigen Weinkeller, in welchem lange Reihen mit *Fuderfässern*, den moseltypischen Eichenholzfässern, standen. Im Anschluss gab es eine kleine Weinprobe. Als Patrice auch ein Probierglas gereicht bekam, achtete Danièlle darauf, dass er nur am Glas nippte. Zum Ausgleich brachte Norbert ihm einen richtigen Schoppen mit Traubensaft.

„Birgits Eltern betreiben doch auch ein Weingut. Ist das genau so groß?", fragte Christian interessiert, obwohl er es wahrscheinlich vorgezogen hätte, mit Birgit allein die Zeit in irgendeinem düsteren Weinkeller zu verbringen.

„Birgits Mutter betreibt das Gut alleine, der Vater ist verstorben. Das Aufkommen an eigenem Wein ist bei uns größer, wir haben mehr Weinberge; aber Birgits Mutter kauft Wein zu und produziert *Cuvée*. Sie hat einen guten Kellermeister", antwortete Norbert, „wir betreiben einen eigenen Weinausschank und beliefern große Abnehmer, Birgits Mutter vertreibt überwiegend an private Abnehmer. Wir kommen uns also beim Absatz nicht ins Gehege, nur bei den regionalen Qualitätswettbewerben kämpfen wir gegeneinander. Aber das ist sportlich. Wir verstehen uns gut".

Zum Abschluss gab Norbert Danièlle noch eine kleine Flasche Eiswein mit und erklärte die Besonderheit dieses Dessertweins.

Ein aufregendes Erlebnis wurde die Fahrt mit dem *Amphicar*. Mit von der Partie waren neben Kurt und René nur Patrice und Christian; mehr als vier Personen fanden nicht Platz in dem kleinen Gefährt. Kurt fuhr über die Landstraße einige Kilometer moselaufwärts, um anschließend auf dem Wasser mit der Strömung fahren zu können. Es wurde angenehm warm im Auto, während draußen ungemütliches, kaltes Winterwetter herrschte. Kurt suchte eine Fährrampe, von der er wusste, dass sie sanft und ohne Abbruchkante im Wasser auslief. Er vergewisserte sich, dass alle Türen richtig verschlossen waren und fuhr dann geradewegs die Rampe hinunter langsam auf das Wasser zu. Patrice rückte unwillkürlich näher zu seinem Bruder, Christian suchte im Wageninnern einen Griff, den er fest umklammerte. Und selbst René schaute mit unsicherem Blick auf das näher kommende Wasser. Der Vorderwagen tauchte ins Wasser ein, eine Welle spritzte bis zur Windschutzscheibe und die Gäste holten vernehmbar tief Luft, so als ob man eine Tauchfahrt erwarte. Dann folgte der hintere Teil des Wagens und sie schwammen. Die Strömung ergriff das Fahrzeug sofort und sie trieben unkontrolliert ab. Nun erwartet die *Grande Nation* von ihren Bürgern, mit Mut dem Untergang ins Auge zu schauen. Dieses Bewusstsein ließ die drei Franzosen wohl in bangem Schweigen der kommenden Dinge harren, bis es Patrice entglitt:

„*On coule*, wir saufen ab“.

„Keine Sorge“, beruhigte Kurt, „ich schalte jetzt die Propeller ein. Dann nehmen wir Fahrt auf und ich kann das Fahrzeug normal steuern“.

So kam es dann auch und sie schipperten mit wenigen Knoten und leicht schaukelnd, aber wohl geborgen im warmen Auto über die Mosel. Allmählich wich die Anspannung und Patrice überlegte laut, wie man diese Sensation für seinen Angelsport nutzbar machen könne.

Die Spannung kehrte wieder, als Kurt nach halbstündiger Fahrt am Fähranleger in *Winningen* das Wasser verlassen wollte, die Räder aber auf dem schlüpfrigen Untergrund keinen Halt fanden. Er nahm einige Anläufe, aber das Fahrzeug schaffte es nicht aus dem Wasser. Christian fing schon an zu berechnen, wie lange man bis Rotterdam unterwegs sein würde, und fing sich eine Rüge seines Vaters ein. Kurt wusste aber Rat.

„Kein Problem, wir müssen es an dem Fähranleger auf der gegenüberliegenden Seite versuchen“, sagte er und steuerte das Fahrzeug wieder ins Wasser. Sie überquerten die Mosel, das dauerte wegen der Drift etwas länger, aber diesmal gelang das Manöver. Sie befanden sich nun auf der falschen Seite des Flusses und der Heimweg führte über die nächste Moselbrücke bei Koblenz.

Die Zeit des Abendessens war gefüllt mit der begeisterten Schilderung, die Patrice von dem Abenteuer auf der Mosel ablieferte. Er war trotz seines anfänglichen Unmutes über die Ferienreise an die Mosel jetzt fest entschlossen, mit seiner Angelausrüstung wiederzukommen. In seiner Schulklasse würde er sich als Pionier der automobilen Flussüberquerung darstellen können; er freute sich schon auf die staunenden Gesichter seiner Kameraden.

Am Tag vor Silvester fuhr Karl mit Danièlle und Christian nach Bonn. Yogi begleitete sie. Er arbeitete in Bonn und kannte sich in der Stadt aus. Sie durften den Mercedes von Karls Vater nehmen. Das war ein Diesel, weil er, wie alle kleinen Bauunternehmer, den billigen Sprit für die Baumaschinen auf den Baustellen zum Tanken seines Pkw nutzte. Karl war zwar erst siebzehn, aber sein Vater hatte für seine vorzeitige Fahrerlaubnis eine Ausnahmegenehmigung beim Landrat, den er gut kannte, erwirken können. Als sie einstiegen, lud Yogi Danièlle ein, sich neben ihn auf die Rückbank zu setzen.

„Nein, nein, Danièlle, komm setze dich nach vorne. Auf dem Beifahrersitz kannst du mehr sehen", korrigierte Karl beflissen die Sitzordnung. Er gönnte seinem Freund Yogi vieles, aber eine Spazierfahrt *tête á tête* mit einem Mädel, nach deren Gunst er selbst gierte, überstieg den Rahmen seiner Großzügigkeit. Christian unterstützte ihn wohlwollend, indem er sagte:

„Komm´ setze dich zu mir, Yogi, ich wollte sowieso mit dir noch über Birgit sprechen".

Karl fuhr umsichtig, weil er wusste, dass sein Vater ihm einen Crash nicht so schnell verziehen hätte. Er war zwar hinlänglich routiniert, weil er schon seit seinem fünfzehnten Lebensjahr immer wieder auf Nebenstrecken unerlaubt Auto gefahren war; der Großstadtverkehr war aber auch für ihn eine Herausforderung. In ein Parkhaus zu fahren, war ihm noch zu riskant, deshalb suchte er so lange, bis ein Platz an der Straße frei wurde. Sie parkten in der Nähe der Universität, am Hofgarten. Yogi führte sie in die Innenstadt zum Beethoven-Haus, das aber keinen wirklich interessierte. Danièlle blieb immer wieder quälend lange vor Mode-Geschäften stehen, um, wie sie erläuternd sagte, zu sehen, ob die Bundeshauptstadt mit Paris mithalten könne. Ihr Fazit ersparte sie den deutschen Gastgebern. Sie besuchten auf dem Rückweg zu ihrem Parkplatz noch ein Lokal, das Yogi kannte, und von dem er behauptete, hier gebe es das beste *Kölsch*. Die beiden Franzosen nippten zurückhaltend an ihren Gläsern, während Yogi das erste Glas in einem Zug leerte. Danièlle blickte verwundert, als der *Köbes* ungefragt ein neues Glas vor ihm hinstellte. Karl, der sich als Fahrer mit einer Apfelschorle begnügen musste, fing ihren Blick auf und erläuterte:

„Hier wird eigentlich nur Bier verkauft, und weil ich kein Bier genommen habe, muss Yogi die doppelte Ration trinken. Er opfert sich in gewisser Weise".

Christian brach in Lachen aus, und seine Schwester bedachte Karl mit einem Blick, der zu sagen schien: „Ihr trunksüchtigen Barbaren".

Für die Rückfahrt schlug Yogi vor, an den Regierungsgebäuden vorbeizufahren, da dies ohnehin der kürzeste Weg sei. Als sie das Außenministerium passierten, lenkte er ihre Aufmerksamkeit auf die Patrouillen des Bundesgrenzschutzes. Karl hielt sie aufgrund ihrer

Uniform für normale Polizisten; er konnte nicht ahnen, dass er selbst einige Jahre später als Mitglied der Wachhundertschaft genau dort auch Streife laufen würde. Yogi wies dann auf die Villa Hammerschmidt und das Palais Schaumburg, die Amtssitze von Bundespräsident und Bundeskanzler, hin, was Christian zu der Frage verleitete, ob man auch die französische Botschaft zu sehen bekäme.

„Dann müssten wir in Bad-Godesberg in das Diplomatenviertel fahren, ich kenne aber die Adresse nicht. Erwartet der Botschafter dich?", antwortete Yogi schmunzelnd.

„Den Unsinn lassen wir bleiben", entschied Danièlle, „wir fahren jetzt nach Hause, bevor es dunkel wird. Karl fährt ausgezeichnet Auto, aber wir wollen das nicht strapazieren".

Dabei legte sie kurz ihre Hand auf Karls Arm. Diesem schoss die Idee durch den Kopf, dass es gar nicht so schlecht wäre, in die Dunkelheit zu kommen, dann ließe sich der Kontakt auf den Vordersitzen vielleicht etwas weiter entwickeln. In diesem Moment musste er stark bremsen, weil er zu dicht aufgefahren war. Danièlle erschrak und sagte leicht schuldbewusst:

„Ich weiß, man darf den Fahrer nicht ablenken", und rückte ostentativ in die äußerste Ecke ihres Sitzes. *Merde*, dachte Karl. Er ahnte nicht, dass das Schicksal schon eine Herzkarte für ihn bereit liegen hatte, anders als er sich das hätte vorstellen können, aber eindeutig eine Herzkarte.

Die Vorbereitungen für das Silvesterfest waren getroffen. Karls Vater hatte Feuerwerk eingekauft und die Batterien für die Leuchtraketen auf der Terrasse des Wintergartens unter der pyrotechnischen Aufsicht von René aufgebaut. Patrice war riesig aufgeregt, weil er das Feuerwerk zünden durfte. Gegen Abend hatte Karl mit Christian den Partykeller vorbereitet. Überall wurde noch einmal Staub gewischt, die Gläser hinter der Bar wurden griffbereit arrangiert, sie überprüften die Musikanlage, legten die Schallplatten bereit und brachten die Kisten mit den Getränken in den nebenan liegenden Waschkeller. Da es hier unten keinen Kühlschrank gab, stellten sie einen Bierkasten in den Garten. Abschließend betrachteten sie ihr Werk, schenkten sich zufrieden ein Glas Wein ein und signalisierten ihren Eltern, jetzt werde das Fest starten. Es war verabredet, dass die Eltern oben feierten und die jungen Leute kurz vor Mitternacht in den Wintergarten kommen sollten.

René und Kurt kamen zusammen mit Danièlle und Patrice herunter, um einen Eröffnungstrunk zu nehmen. Anerkennend betrachteten sie den sauber hergerichteten und hell beleuchteten Raum. ‚Hier können die Kinder fröhlich und ohne Ausschweifungen feiern', müssen die beiden Väter wohl gedacht haben.

Sie saßen noch an der Theke, als die ersten Gäste eintrafen. Helmut kam mit Marita und im direkten Anschluss kam Yogi in Begleitung von Uschi, Lutz und Monika, Freunde aus dem Dorf. Karls Vater kannten sie alle; er stellte die französischen Freunde warmherzig vor und sagte:

„Wir waren nur kurz für eine letzte Inspektion hier und überlassen euch jetzt das Revier für den Rest des Jahres".

Als er und René aufstanden, um nach oben zu gehen, sagte Yogi zu Danièlle:

„Du wirst doch hoffentlich nicht die Gesellschaft älterer Herren der unsrigen vorziehen?"

Danièlle lachte:

„Ich habe mein Strickzeug vergessen, deshalb bleibe ich hier unten bei euch".

Die älteren Herren hatten diese Bemerkung geflissentlich überhört und stiegen die Kellertreppe hinauf. Christian schob seinen protestierenden Bruder hinterher. Es kamen noch einige Gäste, zuletzt Norbert mit seiner Freundin, die er im Nachbardorf hatte abholen müssen.

Yogi hatte seine Position hinter der Theke eingenommen und fragte jeden nach seinem Getränkewunsch. Als alle versorgt waren, legte er Musik auf, und nach einiger Zeit begannen die ersten zu tanzen. Yogi forderte Danièlle zum Tanzen auf und bat Karl, den Platz hinter der Theke einzunehmen. Christian stand mit Norbert, Diana und Birgit noch an der Theke bei Karl. Sie unterhielten sich angeregt über die Unterschiede in den Bildungssystemen beider Länder und die Ungerechtigkeit, dass Mädels sofort nach dem Abschluss der Schule mit dem Studium beginnen könnten, während die Jungs vorab Wehrdienst zu leisten hätten.

„Ich werde auf Wunsch meines Vaters in Toulouse ein technisches Studium aufnehmen müssen, er hat dort auch studiert. Um den Militärdienst werde ich wohl herumkommen, mein Vater kennt Leute…", sagte Christian.

„Ich werde wohl Medizin machen, dann wird man zurückgestellt", sagte Karl.

Diana machte sich noch gar keine Vorstellungen über irgendeinen künftigen Beruf, nur mit Mode müsse es zu tun haben. Birgit sagte, sie werde wohl das Weingut übernehmen und vorher Betriebswirtschaft studieren. So plauderten sie, bis Norbert plötzlich fragte:

„Sag´ mal Karl, wo ist eigentlich Uta?"

Uta galt als Karls Freundin. Das war sie auch, aber es war eher eine Schülerfreundschaft. Sie kannten sich von dem gemeinsamen Schulweg in der Bahn. Wenn Karl morgens in den Zug stieg, hatte Uta schon zwanzig Minuten Fahrt hinter sich. Sie besuchte in Koblenz ein katholisches Gymnasium. Karl musste von dort noch in einen Bus umsteigen und fast eine halbe Stunde weiterfahren. Uta hatte eine zwei Jahre ältere Schwester, die auf Karl erfahrener und deshalb anziehend wirkte, für die er aber lediglich der Freund ihrer kleinen Schwester war. So blieb sein Verhältnis zu Uta eine echte Schülerfreundschaft. Das sollte sich nachhaltig ändern, als er sie im Laufe seines Studiums in Bonn wieder traf und sie ihm nach einem Auslandsaufenthalt mit Liebespraktiken aufwartete, die er für Kampfsport hielt.

Er antwortete Norbert:

„Ich habe sie natürlich eingeladen, aber ihr Vater hat ärztlichen Notdienst, da konnte er sie nicht bringen und wieder abholen. Und ein Taxi ist an Silvester nicht verlässlich zu bekommen, zumal die Fähre nur bis acht Uhr abends in Betrieb ist. Wir werden um Mitternacht telefonieren".

Diana sagte:

„Dann hätte sie doch bei mir übernachten können. Norbert hat für meinen Heimweg schon ein Minicar vorbestellt".

Karl wollte das Thema nicht vertiefen. Er sah Danièlle mit Yogi fröhlich tanzen und fragte Birgit, ob sie auch tanzen wolle.

„Ja gerne, aber ich habe diesen Tanz bereits Christian versprochen", antwortete sie und zog den hoch erfreuten Christian am Ärmel auf die Tanzfläche. Als dann Norbert mit Diana auch noch zum Tanzen ging, füllte Karl sein Glas auf und ergab sich dem Schicksal des einsamen Barkeepers. Es dauerte aber nicht lange, dann gesellten sich Helmut und Marita, des Tanzens müde, zu ihm. Sie sprachen über dies und das aus dem Dorf. Helmut kannte das jüngste Gerücht, demzufolge der örtliche Fahrschulinhaber mit einer Schülerin „erwischt" worden war. Karl grinste und fragte:

„Wie schnell war er denn?"

Das brachte Marita auf die Palme. Sie sagte empört:

„Das finde ich gar nicht witzig. Seine Frau wagt sich vor Scham nicht mehr ins Dorf und der Kerl geht unverdrossen zu seinem Stammtisch. Wahrscheinlich prahlt er noch damit. Bei dem werde ich meinen Führerschein nicht machen. Wenn man heiratet, geht man Verpflichtungen ein, die sollten hoch gehalten werden".

„Helmut, das ist doch schon ein passendes Schlusswort für die Rede zu eurer Hochzeit", meinte Karl amüsiert.

Eine Antwort blieb Helmut erspart, weil Norbert und Diana zu ihnen kamen und die Runde ergänzten. Karl reichte ihnen Getränke und fragte Diana, wie es ihr gefalle.

„Oh danke, euer Keller ist toll. Wir sollten öfter Tanzpartys veranstalten, dann würde Norbert das auch lernen. Ich habe ihm schon gesagt, er möge sich ein Beispiel an Christian nehmen".

Alle blickten zu Christian auf die Tanzfläche, aber der bewegte sich gerade in enger Umklammerung mit Birgit zwischen den anderen Paaren.

Helmut äußerte mit gespieltem Erstaunen:

„Also diese Art Tanz beherrscht Norbert doch auch perfekt. Wie tanzt er denn mit dir?"

Diana errötete und wechselte schnell das Thema.

„Spielt ihr denn heute Abend noch mit euren Instrumenten?", fragte sie.

Darüber hatte die Gruppe im Vorfeld gesprochen, aber Yogi war dagegen. Er meinte, dafür sei zu wenig Platz; in Wirklichkeit wollte er wohl vermeiden, sich mit seinem Bass der Marke Eigenbau sehen zu lassen. Helmut antwortete:

„Eigentlich steht das nicht auf dem Programm, aber wenn Karl und Norbert einverstanden sind, können wir eine Einlage machen. Wir haben aber nur das Banjo von Karl hier, dann müssten wir uns beim Spielen abwechseln".

Karl fand die Idee gut, dann konnte er Yogis Tanz mit Danièlle ein Ende setzen. So geschah es. Karl holte sein Banjo, Yogi übernahm wieder den Platz hinter der Theke, schenkte die Gläser voll und alle positionierten sich um die drei Musikanten. Helmut übernahm als erster das Banjo. Das Eröffnungslied war immer *When the Saints*, dann kam *Down by the Riverside*, da konnten alle mitsingen. Das brachte aus dem Stand heraus gute Stimmung. Nach einigen Stücken übernahm Norbert das Banjo und spielte *Irish Folk*. Als letzter kam Karl. Er hatte sich auf den roten Sportwagensessel gesetzt und begann mit einem älteren Stück von den Lords, *The Ballad of the Condemned Man*, der Geschichte einer Männerfreundschaft, die an einer untreuen Ehefrau zerbricht und mit dem Colt bereinigt wird. Er hatte die ersten Akkorde geschlagen, als sich Danièlle auf den Sportwagensitz neben ihn zwängte. Um besseren Halt zu haben, legte sie einen Arm um seine Hüfte. Karls Herz tat einen imaginären Sprung und er musste sich zwingen, die dem traurigen Lied angepasste sonore Stimmlage beizubehalten. Er spielte hoch motiviert übergangslos das nächste Stück, *Cotton Fields*, zu dem er in wochenlanger Arbeit ein mäßig kunstvolles Banjo-Solo eingeübt hatte. Danièlle war so nah wie möglich an ihn herangerückt, ihr Oberschenkel war auf Tuchfühlung und sie küsste ihn flüchtig auf sein Ohr. Dabei flüsterte sie, dass sie mit ihm tanzen wolle. Karl leitete umgehend den Schlussakkord ein, bedankte sich für den Applaus und forderte alle zum Weitertanzen auf. Yogi legte eine Platte auf und bot lauthals neue Getränke an. Die Musik begann mit einem Lied von Adamo, *Sans toi ma mie*. Karl stand auf und half Danièlle aus dem flachen Sitz. Die meisten anderen tanzten Foxtrott, passend zum Rhythmus des Stückes, aber Karl umfasste Danièlles Hüften und tanzte Blues.

Sie legte ihre Arme um seinen Hals und schmiegte sich an ihn. Dabei sagte sie ihm leise ins Ohr:

„*Je vais t´accorder ta chance*".

Dieser Satz war den Lyrics des Songs entlehnt. Karl kannte weder das Lied, noch gar den Text; es musste eine Schallplatte aus Norberts Fundus sein. Norbert war Musikfan und hatte oft Stücke, die erst später in die Charts kletterten. Karl verstand aber, dass dies ein besonderer Abend werden könnte. Beim Blick über Danièlles Schulter sah er Yogi hinter der Theke, der ihn fixierte und den Zeigefinger hob. Das sollte wohl bedeuten, dass vorrangige Rechte geltend gemacht würden. Das rührte Karl nicht. Im Krieg wie in der Liebe zählte für ihn der taktische Vorteil. Er war bereit, für seine Freunde durchs Feuer zu laufen, aber die Gunst einer begehrenswerten Frau zu missachten, konnte auch sein bester Freund nicht einfordern.

Er hatte sich mit Norbert einmal über ein ähnliches Thema unterhalten. Dieser vertrat den Standpunkt, die Liebe sei ein absoluter Wert, den man zwar in Relation zu anderen Werten sehen dürfe, aber ihr Kern sei unveränderlich und beinhalte partnerschaftliche

Exklusivität, weil sonst die Rechte des Anderen berührt würden. Karl widersprach und machte demgegenüber geltend, es gäbe keine absoluten Werte; nicht einmal das Recht auf Leben sei absolut, sonst dürfte man kein Wild erlegen und schon gar keine Kriege führen.

„Alle Werte, die uns prägen, stehen in einer Hierarchie", sagte er, „aber selbst diese Hierarchie ist nicht absolut, sondern situativ anzuwenden. Wenn ein Mann eine Frau begehrt - oder umgekehrt -, verletzt er oder sie unter Umständen einen anderen Wert, etwa die eheliche Treuepflicht. Es muss also eine Abwägung erfolgen. Dies ist und bleibt höchst subjektiv. Was der Eine für richtig hält, betrachtet der Andere als falsch. Damit will ich sagen, deine Position, man müsse bei der Liebe auf andere Werte Rücksicht nehmen, ist zwar richtig, führt aber zu keinerlei praktischem Erkenntnisgewinn. Wer ein Liebesangebot zurückweist, verletzt auch schon einen Wert, nämlich das Ego dessen, der sich zur Liebe bereit erklärt. Man muss also fragen, wen verletze ich mehr, wenn der Ehepartner von der Situation gar nichts weiss. Und bedenke, dass die Liebe zwischen Mann und Frau am Ursprung des Lebens steht, dem höchsten aller Werte. Hätte Adam den Apfel verweigert, weil himmlische Kräfte dies nahelegten, gäbe es uns nicht".

„Du bist ein sophistischer Prediger der freien Liebe, mal sehen, wohin dich dein Beziehungs-Darwinismus führen wird", antwortete Norbert.

Sie waren beide in der Liebe völlig unerfahren, aber als Oberschüler eines humanistischen Gymnasiums fühlten sie sich durchaus berufen, die großen Probleme der Menschheit zu diskutieren.

Im engumschlungenen Tanz mit Danièlle waren Karl im Moment sämtliche Fragen zu egal welchen Wertvorstellungen gleichgültig. Er fühlte die Formen ihres Körpers, genoss den Duft ihres Parfüms und war in einem Zustand, der die Ewigkeit in einen Augenblick komprimiert, *one moment in time*. Er erwachte aus seinem Traum, als der boshafte Yogi den *Jailhouse-Rock* von Elvis auflegte und Danièlle auf Abstand zu rocken begann. Karls Schrittfolge geriet immer wieder aus dem Rhythmus und Danièlle lachte amüsiert. Karl entschuldigte sich damit, dass er ständig an die anderen wild tanzenden Paare stoße.

„Ja, du hast Recht, es ist besser, Blues zu tanzen", erlöste ihn Danièlle und kam wieder näher. Ihnen war warm geworden, die Luft im Keller glich einer Mischung aus Treibhaus und Rauchersalon. Karls Hemd klebte am Leib und als er mit seiner Hand liebkosend über den Rücken von Danièlle strich, fühlte er, dass ihr Pullover auch feucht geworden war. Sie sagte, sie müsse nach draußen, um Luft zu schnappen. Karl ging mit. Im Kellerflur hörte er Stimmen aus dem Garten, offenbar suchten schon andere frische Luft. Er sagte zu Danièlle:

„Lass´ uns hier im Getränkekeller erst etwas abkühlen, sonst erkälten wir uns".

Er hatte die Tür schon geöffnet und Danièlle folgte ihm. Sie schloss die Tür hinter sich und blieb im Rahmen stehen. Karl nahm sie in den Arm und küsste sie sanft. Es wurde ein Kuss, wie Karl ihn noch nicht erlebt hatte; Danièlle drückte sich mit einer Leidenschaft an ihn, dass er glaubte, ihre Körper würden verschmelzen. Seine Unerfahrenheit schien Danièlle herauszufordern. Wäre die Liebe eine olympische Disziplin, hätte Frankreich konkurrenzlos die Goldmedaille erhalten...

„Karl, wo bist du, dein Vater sucht dich", hörten sie plötzlich Norbert im Garten rufen. Das wirkte wie eine kalte Dusche auf die beiden im Getränkekeller.

„Ich gehe voraus zu Norbert in den Garten, warte du noch eine halbe Minute, und komme dann unauffällig mit einer Weinflasche aus dem Raum", sagte Karl.

„Mensch, wo steckst du", polterte Norbert los, „ich habe schon in der Garage gesucht und im Auto Christian mit Birgit aufgeschreckt. Dein Vater wartet oben, aber stecke dein Hemd in die Hose, bevor du hoch gehst".

Karls Vater sagte, Uta habe angerufen und ihn sprechen wollen, er solle zurück rufen. Dies war der Stimmungskiller Nummer zwei. Karl erzählte Uta am Telefon zusammenhanglose Dinge und wünschte ihr auch einen guten Jahreswechsel, mehr fiel ihm nicht ein. Als er wieder in den Keller kam, rüsteten sich alle bereits für den Jahreswechsel mit dem Feuerwerk auf der Terrasse vor dem Wintergarten. Christian und Birgit hatten noch schnell ihren Durst gelöscht und Danièlle half Yogi beim Verschließen der angebrochenen Weinflaschen. Sie lächelte Karl neutral zu, so als habe man sich den ganzen Abend über eine anstehende Schulreform unterhalten.

Als alle oben in Wohnzimmer und Wintergarten einen Platz gefunden hatten, stand Patrice schon bereit, um die erste Rakete auf der Terrasse zu zünden. Das neue Jahr hatte begonnen. Karls Vater hatte mit Hilfe von Helmut und Marita Sektgläser gefüllt und alle prosteten sich zu.

René stand auf und bat um einen Augenblick Ruhe. Dann sprach er:

„Liebe Nelly, lieber Kurt, wir haben die letzten Tage des Jahres bei euch verbracht, es waren die denkwürdigsten Tage des ganzen Jahres. Vor unserer Abreise habe ich mir Gedanken gemacht, wie wir es antreffen würden, ob euer Lebensstil für uns fremd sein würde, wie wir uns in einem deutschen Dorf fühlen würden. Nun, ich darf das Ergebnis vorweg nehmen: bis auf den Unterschied zwischen Land und Großstadt lebt ihr genauso wie wir. Das erfüllt mich als glühenden Befürworter eines geeinten Europas mit ganz besonderer Freude. Es zeigt mir, dass wir keiner Illusion nachlaufen, wenn wir eine Weiterentwicklung der bisher auf rein wirtschaftlicher Basis bestehenden europäischen Vereinbarungen erhoffen“.

Und zu den Mädels und Jungs gewandt fuhr er fort:

„Wenn ihr bedenkt, dass Kurt und ich einmal in Armeen gedient haben, die sich feindlich gegenüber standen, könnt ihr sehen, wie friedlich die Welt werden kann, sobald man sich persönlich kennen lernt. Das geht natürlich nur, wenn der *way of life* oder anders gesagt, die Leitkultur, in der man sich bewegt, in Grundzügen übereinstimmt. Die Tage hier in Deutschland haben mir gezeigt, dass Franzosen und Deutsche sich in ihren Anschauungen bis zur Austauschbarkeit ähnlich sind...“

„Mit Ausnahme der Froschschenkel“, murmelte Yogi halblaut vor sich hin.

„Und dem Eisbein“, hielt Christian dagegen, und erhielt von Birgit einen Rippenstoß.

René lächelte kurz und fuhr fort:

„Unsere Staatsformen beruhen auf der Aufklärung, die Entwicklung war unterschiedlich, aber wir sind alle nach nationalistischen Irrwegen an demselben Ziel angekommen. Das Volk ist der Souverän und es liegt an uns als Teil des Volkes, miteinander brüderlich umzugehen, dann wird die Politik folgen. Ihr seid die Generation, die den begonnenen Weg zur Vollendung führen kann. Ich bin glücklich, zu sehen, wie freundschaftlich ihr meine Kinder aufgenommen habt. Wer immer von euch sich künftig in Frankreich aufhält, ist bei uns herzlich willkommen, sei es in Paris, sei es in unserem Haus im Süden“.

Nach einer Sekunde besinnlichen Schweigens applaudierten alle und hoben zum Zeichen des Dankes ihre Gläser. Nun erhob sich Kurt und sagte:

„René, das ist das zweite Mal, dass du Worte gesprochen hast, die sich mir einprägen werden. Ich darf allen Anwesenden sagen, dass du es warst, der mir als frisch entlassenem Kriegsgefangenen die Hand zur Freundschaft gereicht hatte. Ich bin stolz und glücklich, dich als Freund zu haben. Und wenn ich sehe, wie unsere Kinder miteinander umgehen, bin ich zuversichtlich, dass Deutschland und Frankreich in Europa einen gemeinsamen Weg dauerhaft gehen werden".

Nelly umarmte Georgette. Ihr war bewusst geworden, dass ihr Leben ohne den Einsatz von René in jener Nacht, als die zwei Marokkaner in ihr Schlafzimmer eingedrungen waren, anders verlaufen wäre. Sie hatte Kurt nie davon erzählt.

Nach diesen feierlichen Worten gingen die jungen Leute wieder in den Keller, um das neue Jahr auf ihre Art zu beginnen. Yogi übernahm wieder die Theke, aber diesmal leistete Danièlle ihm Gesellschaft. Karl musste Yogis triumphalen Blick ertragen. Das war für ihn aber in Ordnung. Ihm war klar, dass er ein Abenteuer erlebt hatte, das nicht auf Dauer angelegt sein konnte. Als Birgit auf ihn zukam und fragte, ob er tanzen wolle, lächelte er innerlich darüber, dass Christian sein Schicksal teilte.

In den frühen Morgenstunden stand er mit Christian allein an der Theke, das Fest hatte sich aufgelöst, alle waren nach Hause gegangen.

„Ich habe gehört, dass du zwischendurch Mercedes fahren wolltest", sagte Karl.

Christian sah ihn argwöhnisch an.

„Wie meinst du das?", fragte er.

„Norbert hat mir erzählt, dass er dich mit Birgit im Auto meines Vaters gesehen hat, es saß aber niemand am Steuer", erwiderte Karl süffisant.

Christian wurde etwas rot, schwieg zunächst und sagte dann leichthin:

„Ich hätte mir gewünscht, dass dein Vater sein Geld statt für das schwimmende Auto für eine Heizung in der Garage ausgegeben hätte. Aber, wenn du das schon ansprichst: sollte meine Schwester morgen eine Erkältung haben, muss ich dich zum Duell fordern".

Als Karl dann resümierte, die Völkerverständigung sei nicht ohne persönliche Opfer zu haben, lachten sie beide und begannen mit dem Aufräumen.

Am Tag nach Silvester hatte Nelly Geburtstag. Kurt hatte zur Feier des Tages einen Tisch im *Weinhaus Hoffnung* reserviert. Das war gleichzeitig das Abschiedsessen für die französischen Freunde, die am Tag darauf die Rückreise antraten.

Die Prioritäten des Alltags sind der Feind geregelter Besuche unter Freunden. Und so sollten diesmal mehr als zwei Jahrzehnte vergehen, bevor sie sich wieder trafen. Kurt und René waren nach einem jeweils ereignisreichen Berufsleben Rentner geworden, ihre Ehefrauen liebenswürdige Großmütter. Es hatte den Anschein, als wäre die großartige Beziehung zwischen den Familien an ihr Ende gekommen. Selbst zwischen Christian und Karl war der Kontakt eingeschlafen. Beide standen in der Blüte ihrer beruflichen Tätigkeit und mussten ihre Zeit zwischen Job und Familie teilen. Es war diesmal Christian, der sich an seinen deutschen Jugendfreund erinnerte. Er arbeitete bei Siemens als Zulieferer für den *Airbus* und hatte häufig in Hamburg Termine. Eines Tages erhielt Karl im Büro einen Anruf aus Paris.

„Tu es toujours vivant, du lebst also noch", begrüßte Christian ihn lachend und teilte mit, dass er in der kommenden Woche nach Hamburg müsse und statt des Fliegers das Auto nehmen wolle, um ihn zuhause zu besuchen. Karl war perplex.

„Weißt du denn, wo ich wohne?", fragte er verblüfft.

„Meine Firma hat gelegentlich mit der Spionageabwehr zu tun, die finden jeden", erwiderte Christian lässig, „also, bist du zuhause? Du hast noch einen Pullover von mir, den ich dir damals in Paris ausgeliehen hatte".

„Mensch ja, natürlich werde ich da sein und einen roten Teppich ausrollen", antwortete Karl hocherfreut, und fügte spöttisch an, der Pullover sei allerdings über den Altkleidercontainer schon wieder in Paris, wahrscheinlich in einem algerischen *Faubourg*.

„Ich komme in Begleitung einer Assistentin, buche bitte zwei Einzelzimmer für eine Nacht, am nächsten Morgen müssen wir zeitig weiterfahren".

„Zwei Einzelzimmer? Und ich dachte, französische Direktoren hätten immer hübsche Assistentinnen".

So waren die Beiden trotz der vergangenen Zeit unmittelbar wieder im Modus freundschaftlicher Frotzeleien angekommen. Nachdem der Kontakt erneuert war, sollten mehrmals jährlich wechselseitige Besuche die Regel werden. Auch die Eltern sahen sich noch einmal. Als Karl mit seiner Familie Urlaub an der Algarve machte, hatte seine Frau mit den beiden Töchtern das Flugzeug genommen und er war mit dem Hund im Pkw gefahren, um seine Eltern in Süddeutschland abzuholen. So konnte man in *Tarbes* Halt machen und zwei Tage bei René und Georgette verbringen. Diese Fahrt sollte ihm in besonderer Erinnerung bleiben, weil er den ersten Siebener BMW mit bleifreiem Sprit fuhr und bis Toulouse nach einer passenden Tankgelegenheit suchen musste. Das Wiedersehen wurde ein anrührendes Ereignis. Wieder war es so, dass trotz der endlosen Jahre, die sie sich nicht gesehen hatten, sofort ein Einklang vorhanden war, als habe man die ganze Zeit nebeneinander gewohnt.

Karl bewunderte die Generation, der man die Jugend gestohlen hatte, dafür, dass sie es geschafft hatte, die kriegerische Vergangenheit hinter sich zu lassen. Er glühte innerlich vor Begeisterung für die Idee eines vereinigten Europa.

Kapitel 4

Abenteuer im Loiret

Karl steckte mit seiner *C6,* dem neuesten Modell von *Corvette,* im Pariser Feierabendverkehr fest. Er war erst gegen Mittag vom Niederrhein aufgebrochen, und im Pariser Norden, kurz vor dem *Stade de France,* hatte der Verkehrsfluss zu stocken begonnen. Als er auf den *Péripherique* einbog, ging es nur noch im Stop-und-Go-Rhythmus weiter.

Er hatte hinter der belgisch-französischen Grenze einen französischen Verkehrssender im Autoradio eingestellt, um Nachrichten zu hören, vor allem aber, um sich wieder an die Sprache zu gewöhnen. Das empfand er als gute Übung, und tatsächlich verstand er von den sich wiederholenden Nachrichten mit jeder Stunde etwas mehr. Je näher er Paris kam umso öfter war die Rede von *embouteillage,* die Staumeldungen häuften sich. Er hatte bei früherer Gelegenheit einmal den direkten Weg durch die Stadt versucht, um den Stau auf dem *Péripherique* zu vermeiden. Das war keine sinnvolle Lösung und er wollte das nicht wiederholen. So ergab er sich dem Schicksal der Pendler, zündete seine Pfeife an und betrachtete gelangweilt die anderen Autos.

Er war auf dem Weg zu seinem Freund Christian, der in einem 300-Seelen-Dorf im *Loiret,* eine knappe Autostunde südlich von Paris mit seiner Frau Anne wohnte. Dort hatte er für sich und seine Familie vor mehr als zwanzig Jahren einen alten und verfallenen Bauernhof gekauft. Seinerzeit wohnte er noch mit Anne und den beiden Kindern in Paris und verbrachte seine Freizeit regelmäßig mit der Restauration der alten Gebäude. Als er nach zweiundvierzig Berufsjahren das Rentenalter erreicht hatte, wurde die Wohnung in Paris aufgegeben und Christian und Anne zogen in die inzwischen wunderschön und komfortabel eingerichtete Liegenschaft, die außer einem Gemüsegarten mit einigen Obstbäumen allerdings keinerlei funktionale Verbindung mehr zu einem landwirtschaftlichen Betrieb aufwies. Für Christian war es auch viel wichtiger, dass große Kellerräume vorhanden waren, die ihm Raum für die Einrichtung eines Weinkellers boten. Die Gebäude waren hufeisenförmig angeordnet, und frühere Stallungen im linken und rechten Flügel waren zu gemütlichen Wohn- und Schlafräumen umgebaut worden. Im Haupthaus befand sich der einem Rittersaal ähnliche Wohnraum mit einem begehbaren Kamin. Die Wohnküche lag fünf Treppenstufen tiefer zum rückwärtigen Obst- und Gemüsegarten hin. Zur Straße waren die Gebäude durch ein großes Tor abgeschirmt.

Die Anordnung der Gebäude ergab einen kleinen Innenhof, in dem man von der Wohnzimmerterrasse aus ein kleines Stück Rasen, einen Fischteich und einen über einen überdachten Säulengang erreichbaren Grillplatz sah. Eine ideenreiche und bunte Bepflanzung ließ eine Idylle entstehen, die auch von den Kindern nebst Enkeln an Wochenenden und in den Ferien gerne genutzt wurde.

Das Leben in dem stillen Dörfchen war geprägt von Leuten aus Paris, die hier an Wochenenden und im Urlaub ihre Ruhe suchten. Knapp die Hälfte aller Häuser im Dorf diente als Zweitwohnsitz. Dadurch entstand ein gesellschaftliches Leben besonderer Art. Menschen, die sich im Pariser Alltag nie begegneten, fanden hier zusammen. Die Wochenenden waren mit gegenseitigen Besuchen zum Tee, zum Wein oder auch zum Abendessen gefüllt. Die Leute kamen aus den unterschiedlichsten Berufen und befanden sich in den unterschiedlichsten Lebensphasen. Es gab Geschäftsleute, Beamte und Freiberufler, Maler und Journalisten. Gemeinsam war ihnen nur die Zugehörigkeit zur gesellschaftlichen Mittelschicht. Sie waren allesamt bekennende Pariser, die ihre *Capitale* für den unbestrittenen und unverzichtbaren Nabel der Welt hielten, und doch jeden freien Tag nutzten, um der Hektik der Großstadt zu entfliehen. Während der Woche herrschte gähnende Leere im Dorf, nur das eine oder andere Pensionärs-Ehepaar lebte hier dauerhaft, so wie Anne und Christian.

Bei einem seiner früheren Besuche hatte Karl am Frühstückstisch mit Anne die unendlich erholsame Ruhe angesprochen.

„Das ist für euch beide nach einem bewegten Berufsleben genau das Richtige, hier könnt ihr die Schlussphase des Lebens genießen und euch entschleunigen“.

„Für Christian trifft das zu“, erwiderte Anne „aber für mich geht das so nicht. Ich habe die letzten zehn Jahre in Paris nicht mehr gearbeitet und meinen Alltag mit Sport, Kunst und kulturell interessierten Freundinnen organisiert. Das fehlt hier komplett. Ich habe im Louvre ein Kunstseminar über mehrere Semester besucht und möchte das fortsetzen. Das geht von hier aus nicht. Ich kann nicht morgens hin und abends zurückfahren Ich dränge Christian seit einiger Zeit, ein kleines Appartement in Paris zu kaufen, damit man sich für zwei oder drei Tage in der Woche in der Stadt aufhalten kann“.

Inzwischen besaßen sie ein solches Appartement in *Levallois-Perret*, einer selbständigen Gemeinde nördlich des *Péripherique*, etwa drei Kilometer vom *Arc de Triomphe* entfernt, und Anne verbrachte fast wöchentlich ihre zwei bis drei Tage in Paris. Christian fuhr gelegentlich mit und widmete sich ansonsten in lässiger Landkleidung seinem Weinkeller und dem Gemüsegarten.

Karl hatte sich eine gute Stunde lang durch Paris gequält und befand sich nun auf der Autobahn in Höhe von *Villejuif*. Der Verkehr war immer noch dicht, aber flüssig. Er meldete sich über sein Handy bei Christian und avisierte seine Ankunft in etwa einer Stunde. Er nahm die Ausfahrt bei *Ury*, entrichtete seine *Péage* und begann die Fahrt über Land. Karl genoss den Gegensatz zwischen dem Straßenkampf im Pariser Verkehr und dem beschaulichen Dahingleiten auf der Landstraße, die hinter *Puiseaux* den Blick auf endlose Felder freigab. Die Hitze des strahlenden Sommertages war am späten Nachmittag einer angenehmen Frische gewichen und Karl hatte kurz angehalten, um das Dach von seinem Wagen abzunehmen. So konnte er den Duft der ihn umgebenden Natur aufnehmen. Er ließ diese Landpartie bei dem gemächlichen Blubbern des Acht-Zylinder-Motors mit dem weiten Blick über das Land, an dessen Horizont sich Wälder abzeichneten, und bei dem Geruch nach Ackerkrume und frisch gemähtem Gras wie ein Laudanum auf sich einwirken. Er hing seinen Gedanken nach.

Diese Fahrt erinnerte ihn an seine Zeit im Norden Deutschlands vor über dreißig Jahren, als er fast täglich von Kiel nach Rendsburg gefahren war und die Landstraße durch üppig gelbe Rapsfelder verlief. Es war die Zeit einer innigen Beziehung zu Sabine, einer jungen Anwältin aus Rendsburg. Sie waren oft durch die Felder gewandert, hatten romantische Stunden beim Picknick verbracht. Und doch hatte Karl irgendwann das Gefühl beschlichen, die Welt könne für ihn nicht hier im hohen Norden zwischen Ost- und Nordsee enden. Vielleicht lag es daran, dass alles zu perfekt und geregelt war. Sie kam aus einem wohlhabenden Arzthaushalt mit Landhaus auf Sylt, war extravagant und sah gut aus. Karl war mit seinen neunundzwanzig Jahren Richter und sah seine berufliche Zukunft nicht zwischen verknöcherten und rechthaberischen Richterkollegen mit einem zwar gesicherten, aber überschaubaren Einkommen. Wirtschaftsanwalt war seine berufliche Vision. Er blieb noch zwei Jahre bei der Justiz, genoss das Ansehen des Berufsstandes und die Freiheit der selbstbestimmten Zeiteinteilung, dann zog es ihn ins Rheinland und Sabine blieb zurück. Sie hatten nie mehr voneinander gehört. Diese Erinnerung verursachte bei Karl jedes Mal, und so auch jetzt, das quälende Gefühl, sich irgendwie liederlich verhalten zu haben. Von einer guten Beziehung sollte wenigstens eine lose freundschaftliche Verbindung bleiben. Darum hatte er sich nie bemüht, das machte er sich zum Vorwurf.

Er wischte diese Gedanken schließlich beiseite und zwang sich zurück in den Modus des Genießens. Er senkte die Seitenfenster herab und ließ sich vom Fahrtwind umwehen.

Die beschauliche Idylle wurde jäh unterbrochen, als Karl im Rückspiegel eine *Renault-Alpine* bemerkte, die sehr zügig näherkam. Karl hatte gerade den Blinker gesetzt, um ein landwirtschaftliches Fahrzeug zu überholen. Er leitete seinen Überholvorgang auch ein, wohl wissend, dass er den Renault damit zum Bremsen zwingen würde. Er erahnte auch die damit einhergehende Stimmungslage des Fahrers. So verwunderte es ihn nicht, dass er ein Hupkonzert und wildes Aufblinken des dicht aufgefahrenen Verfolgers erntete. In jüngeren Jahren hatte Karl dazu geneigt, in solchen Situationen die Bremse leicht anzutippen und den Verfolger damit zu einem hektischen Bremsmanöver zu zwingen. Das war die Zeit als Karl Porsche oder Mercedes fuhr und es persönlich nahm, wenn jemand ihn überholen wollte. Die *Corvette* mit ihrem gigantischen Motor, die er seit gut einem Jahr fuhr, hatte ihm die seinem Alter angemessene Souveränität und Gelassenheit vermittelt. Er fühlte sich mit diesem Fahrzeug nicht mehr in der ständigen Pflicht, fahrerische Überlegenheit zu zeigen. Er war sogar resistent gegenüber der dauernden Kritik seiner Töchter, die ihm vorhielten, mit diesem Fahrzeug alle gängigen Klischees über weißhaarige alte Männern in viel zu sportlichen Autos zu bedienen. Da ging ihm die Kritik seines großen Hundes, eines prächtigen Kangal-Rüden, schon näher, wenn der ihn vom Beifahrersitz in unbequemer Haltung gequält anblickte. Aber dies war selten der Fall, weil Karl mit dem Hund fast immer in seinem alten Porsche fuhr, aus dem der Beifahrersitz ausgebaut war, sodass eine komfortable Fahrt für Herr und Hund möglich war.

Karl ließ den aufgeregten Renault-Fahrer sein imponierendes Zeremoniell abspielen und setzte seinen Überholvorgang ungerührt fort. Als er dann vor dem Traktor wieder rechts einscherte und dem Renault die Überholspur freigab, drückte er das Gaspedal forsch durch. Es schien, als hätte die *Corvette* auf dieses Signal, ihre Muskeln zu zeigen, gewartet. Das Blubbern bei niedriger Geschwindigkeit entwickelte sich mit rasant steigender Drehzahl zu einem wahren Inferno. Die Automatik durchlief die Gangstufen mit atemberaubender Hast und der Tacho zeigte in Sekundenschnelle einhundersechzig Stundenkilometer. Der Renault war deutlich zurückgeblieben und hatte Hupen und Blinken eingestellt. Karl ließ still lächelnd die Geschwindigkeit wieder auf Landstraßentempo zurückfallen und winkte dem Renault-Fahrer freundlich zu, als dieser ihn mit hoher Geschwindigkeit überholte. Die Antwort kam in Form eines erhobenen Fingers und Karl nahm dies als sportlichen Gruß unter Irren.

Als er vor Christians Haus anhielt, war das Tor bereits geöffnet und Karl fuhr in die Einfahrt. Anne war damit beschäftigt, einen Tisch auf der Terrasse einzudecken und rief ihm fröhlich zu:

„Du bist zu früh, ich bin gerade dabei, den Empfang vorzubereiten. Christian ist im Weinkeller, um eine passende Flasche auszusuchen". Karl stieg aus und lief zu Anne hin.

„Komm lass dich drücken, wir haben uns lange nicht mehr gesehen", begrüßte sie ihn herzlich.

Als Christian aus seinem Weinkeller kam, saßen Karl und Anne bereits am Tisch und plauderten über die jeweiligen Neuigkeiten.

„Du bist alt geworden", sagte Christian spöttisch zu Karl „deshalb brauchst du so ein Auto"

„Mein französischer Freund, wenn ich dich anschaue, sehe ich, dass du wohl recht hast, denn ich bin ich ja nur zwei Wochen älter als du", erwiderte Karl. „Und an deinem neuen *Alfa-Romeo* sehe ich, dass wir unser Leid teilen".

Es war dieses wechselseitige Hänseln, welches die beiden vor fast fünfzig Jahren im Umgang miteinander begonnen hatten, und das ein Teil ihrer freundschaftlichen Verbundenheit geworden war. Karl fühlte sich sofort herzlich willkommen geheißen. Anne verstand die Gefühlswelt der beiden Männer wohl nicht richtig und sah sich mit vorwurfsvollem Blick zu Christian veranlasst, Karl in Schutz zu nehmen, indem sie darauf hinwies, dass man ihn leicht für zehn Jahre jünger halten könne.

„Lieber nicht", sagte Karl, „lass uns unser Alter, sonst kehrt Christian zu bereits abgelegten Untugenden zurück".

Als Karl und Christian sich lachend zum Willkommensgruß umarmten, merkte Anne, dass sie etwas falsch verstanden hatte; der Deutsche und der Franzose brauchten keine diplomatischen Floskeln, um sich ihrer Achtung und Zuneigung zu versichern.

„Ich habe hier einen leichten Burgunder, der eignet sich gut zum Einstimmen auf das Abendessen. Heute Abend kommen einige Freunde und wir werden grillen", sagte Christian und entkorkte die aus dem Keller mitgebrachte Flasche. „Zum Essen präsentiere ich etwas Besonderes, einen *Chateau Haut Brion 1975* und einen *Saint Emilion Grand Cru 1998*. Mit einem der Gäste stehe ich seit Jahren im Diskurs um den besten Wein. Er schwört auf südafrikanische und kalifornische Weine. Ich muss ihm immer wieder beweisen, dass unser *Bordeaux* das Maß der Dinge bleibt. Der einzige Wein, den ich zum Vergleich zulassen würde, wäre ein *Bricco dell'Uccellone* vom Weingut *Braida*".

Karl nahm zur Kenntnis, dass sein Freund eine wirkliche Leidenschaft für Wein empfand.

„Ich will nochmal eben zum Auto gehen, ich habe euch etwas mitgebracht, das sollte nicht zu lange warm liegen", merkte Karl an und stand auf. Er kam mit einer Serrano-Schinkenkeule im Geschenkset zurück, die er auf den Tisch legte. Anne war begeistert und meinte: „Den schneide ich gleich an, der ergänzt unser *Hors d'oeuvre*".

Gegen halb neun kamen als erste Gäste Jean-Luc und seine Lebensgefährtin Colette. Er hatte als freier Journalist und Schriftsteller gearbeitet, sie als Lektorin eines Verlages. Beide verbrachten ihren Lebensabend in einem kleinen Haus, das zehn fußläufige Minuten entfernt lag. Sie erzählten viel von der Pariser Literaturszene, und Karl bemühte sich, der Unterhaltung halbwegs folgen zu können. Er atmete leise auf, als bald darauf ein etwas jüngeres Ehepaar eintraf, Albert und Cecile, die beide in Paris lebten und vor einem Jahr ein Haus in dem kleinen Ort gekauft hatten. Der Mann arbeitete als Anwalt, und als Christian ihm mitteilte, dass Karl ebenfalls Rechtsanwalt war, gab es Anknüpfungspunkte für Gesprächsstoff, der Karl näher lag als die Pariser Literaturszene.

Die ersten Grillwürste waren verteilt, als der letzte Gast am Hoftor klopfte. Anne stand auf, um das Tor zu öffnen und kam mit einer sportlich gekleideten Dame zurück, die von den Anwesenden mit „Hallo Marie" begrüßt wurde. Anne bat den Pariser Anwalt, einen Platz aufzurücken und setzte die neu angekommene Marie neben Karl, nachdem sie ihn als einen alten Freund aus Deutschland vorgestellt hatte, der allein gekommen sei und Land und Leute kennenlernen sollte. Während Christian die Weingläser füllte und die Charakteristika des Weins darlegte, konnte Karl seine Tischnachbarin etwas genauer betrachten. Marie war eine zierliche Frau im „besten" Alter mit ansprechenden Gesichtszügen, leicht gebräunter und frisch wirkender Haut, kaum geschminkt und mit kurzen brünetten Haaren, die ihr etwas Jungenhaftes verliehen. Das passte zu ihrer Kleidung. Sie trug eine elegant geschnittene Hose aus derbem Stoff, dazu hohe Wanderstiefel und über einer weißen Bluse eine Art Trachtenjacke.

„Wenn ich hier ankomme, lege ich zuerst meine Stadtkleidung ab. Das markiert für mich den Beginn der Freizeit", sagte Marie, der wohl aufgefallen war, dass Karl sie intensiver als bei einem Neuankömmling üblich betrachtet hatte. Er bemühte sich sofort um versöhnlichen Ausgleich:

„Das steht Ihnen sehr gut. Es erinnert mich an ein Modemagazin für Bergwanderer, das ich kürzlich beim Friseur in die Finger bekam". Damit hatte er unbewusst ins Schwarze getroffen. Marie blickte ihn interessiert an.

„Sind Sie in den Bergen unterwegs? Ich praktiziere das Bergsteigen seit vielen Jahren. Mein Lieblingsgebiet liegt am Montblanc. Ich habe mir deshalb vor zwei Jahren in *Le Roc* bei Chamonix ein Châlet gekauft. Im kommenden Herbst unternehme ich mit einem Bergführer eine Zwei-Tages-Tour zum *Mont Joly* auf über zweitausendfünfhundert Meter. Kennen Sie die Gegend?"

Karl antwortete: „Ich war vor dreißig Jahren einmal zum Skilaufen in der Nähe von Chamonix, in *Argentières*. Vom Bergwandern und Bergsteigen kenne ich leider nichts. Dabei ist die Bergwelt überaus faszinierend und ich hatte mir immer vorgenommen, auch im Sommer oder Herbst einmal in die Alpen zu fahren. Da ich aber immer noch Windsurfer bin, verbringe ich die Freizeit vom Frühjahr bis in den frühen Herbst durchgängig an der holländischen Nordsee. Das ist von mir zu Hause in zwei bis drei Stunden zu erreichen".

„Wo wohnen Sie denn in Deutschland?", fragte Marie.

„Von Düsseldorf aus etwa eine halbe Stunde Autobahn in Richtung holländischer Grenze", sagte Karl.

„Ah, Düsseldorf! Dort habe ich während meines Studiums ein Praktikum bei der Stadtverwaltung absolviert. Die Stadt hat mir sehr gut gefallen, vor allem der Karneval war außergewöhnlich".

„Wie lange waren Sie dort?", fragte Karl.

„Ein halbes Jahr".

„Und haben Sie deutsch gesprochen? Die Düsseldorfer Stadtverwaltung ist nicht als polyglott bekannt".

„Ich brachte Schuldeutsch mit und habe in der Zeit etwas dazugelernt, aber davon ist nicht mehr viel übrig. Ich war mit mehreren Kommilitonen im Rahmen eines Austauschprogramms dort und wir hatten einen Dolmetscher dabei. Mein Vater hatte das arrangiert. Er war ehemaliger Kommunalbeamter und zuletzt als Regierungsbeauftragter für die Kontakte zu europäischen Städten zuständig. Er hatte anlässlich eines Treffens mit deutschen Kollegen die Idee hierzu entwickelt. Er hatte viele und langjährige Kontakte in Deutschland. Er ist übrigens bei mir zu Besuch und wenn Sie Lust haben, morgen zum Nachmittagskaffee vorbei zu kommen, würde ich Sie gerne mit ihm bekannt machen. Das würde ihm mit Sicherheit große Freude bereiten. Er hatte seit den sechziger Jahren damit begonnen, auf kommunaler Ebene deutsche und französische Städte miteinander ins Gespräch zu bringen. Bei zahlreichen Städtepartnerschaften hat er initialisierend mitgewirkt. Seine Vision war ein EU-Kommunalrecht. Aber richten Sie sich darauf ein, dass er gerne erzählt. Seit er in Pension ist, sind ihm die Gesprächspartner ausgegangen und wenn er die Gelegenheit bekommt, holt er bei seinen Erzählungen weit aus. Kommen Sie trotzdem? Ich würde mich freuen".

Natürlich sagte Karl zu. Das war für ihn mehr als nur ein Gebot der Höflichkeit, denn er sah in Marie eine durchaus interessante Frau, in deren Gesellschaft er sich wohl zu fühlen begann. Inzwischen hatte Anne sich mit einem Glas Wein in der Hand zu ihnen gesetzt und sagte:

„Wie ich sehe, seid ihr schon in vertieftem Gespräch". Und zu Karl gewandt fuhr sie fort:

„Marie hat das schönste Haus hier im Dorf. Was sie aus der alten Hofstelle gemacht hat, ist überwältigend. Das kann sich aber auch sonst kaum jemand leisten. Vielleicht lädt sie dich zu einer Besichtigung ein".

„Ich habe deinen Hausfreund schon für morgen eingeladen", erwiderte Marie mit einem leisen Anflug von Koketterie. „Christian und du, ihr habt ohnehin eine Dauereinladung, also kommt einfach mit. Ich werde Kuchen besorgen".

Anne drängte es zu einer kleinen Klarstellung: „Karl ist wegen Christian hier. Die beiden kennen sich seit ihrer Schulzeit". Das weckte Maries Neugierde und Karl musste die Geschichte des Kennenlernens der Eltern in den letzten Kriegstagen erzählen.

„Dann lasst uns auf diese Nachkriegsgeschichte anstoßen, die besser als jeder Friedensvertrag die Freundschaft zwischen Franzosen und Deutschen besiegelt. Ich heiße übrigens Marie und würde dich gerne Karl nennen dürfen". Das wurde mit einem freundschaftlichen Kuss auf die Wange besiegelt und Karl nahm mit einem kleinen Prickeln den dezenten Duft von Maries Parfüm wahr. Er dachte bei sich, „der Hang zum ewig Weiblichen verfolgt einen wohl bis ins hohe Alter".

Im weiteren Verlauf des Abends wurde viel erzählt und gelacht. Man saß um den großen Tisch vor dem Kamin, in dem sich der Grill befand, von dem Anne immer wieder köstliche Fleischstücke servierte. Christian ließ seine beiden edlen Weine gegeneinander verkosten und jeder war aufgefordert, ein Urteil abzugeben. Karl war alles andere als ein Connaisseur in Sachen Wein und begnügte sich mit dem Hinweis, dass dies der beste Wein sei, den er seit der Studienzeit, als man sich mit Zwei-Liter-Gallonen italienischer Herkunft begnügen musste, getrunken habe. Sein Freund Christian verzieh ihm diesen flachen Scherz und bemerkte:

„Deine Unkenntnis erstaunt mich. Der Weinanbau in Deutschland ist doch schon auf ganz gutem Weg, auch wenn er nie die Qualität eines Bordeaux erreichen wird ".

Marie warf ein:

„Dafür können sie in Deutschland aber exzellentes Bier brauen. In Düsseldorf habe ich dunkles Bier kennengelernt, das nennen sie dort *Alt*, das hat mir besser geschmeckt als irgendein französisches Bier".

„Ihre Autos sind auch besser als unsere französischen", ergänzte Albert das Lob auf *made in germany*, und so kreiste die Diskussion eine Zeit lang um die Vorzüge der Produkte beider Länder bis Jean-Luc den abschließenden Kompromiss fand:

„Wenn wir in einem Mercedes fahren und dabei Bordeaux trinken, sind wir die Besten in Europa". Damit kam das Gespräch auf eine EU-politische Ebene. Karl freute sich zu hören, dass sich alle darin einig waren, Frankreich und Deutschland seien die gemeinsam verantwortlichen Nationen für ein Fortschreiten der europäischen Integration mit dem Ziel, ein wirtschaftspolitisches Gegengewicht zu USA und China zu bilden.

Albert sagte: „Die Angleichung der Lebensverhältnisse im EU-Raum ist dabei ein bedeutsames Mittel, um die Nationen zusammen zu bringen. Ich denke als Arbeitsrechtler da vor allem an eine Vereinheitlichung der Arbeitsbedingungen".

„Wollen wir denn so leben wie die Polen?" fragte Marie provozierend.

„Natürlich nicht, aber wir wollen helfen, dass sie eines Tages so leben können wie wir. Es gibt schon die ersten, die ihren Wodka gegen Bordeaux auswechseln", erwiderte Albert.

„Du bist dir hoffentlich im Klaren darüber, dass wir denen den Bordeaux bezahlen", sagte Marie und fuhr fort: „Der Kreis der Mitgliedstaaten ist zu schnell zu groß geworden. Das kann nur Bestand haben, wenn die ursprünglichen Kernländer einen Nukleus bilden und die anderen auf dem Trittbrett mitreisen lassen. Der Euro ist eine wunderbare Einrichtung, aber sehr gefährlich wie man an den südeuropäischen Ländern sieht. Wir sollten die EU in erster Linie dankbar als Friedensprojekt begreifen. Alles andere wird schwierig bleiben. Die Engländer bringen für die EU nichts, die Italiener versuchen, auf unsere Kosten *dolce far niente* zu zelebrieren und die Griechen betrügen uns alle. Also lasst uns auf die Gemeinsamkeiten der Gallier und Germanen trinken. Hätten die Nachfolger Karls des Großen nicht alles verpfuscht, wären wir sowieso eine Nation geblieben. Ich hoffe, dass unser neuer Präsident, der kein Mann der Finanzen ist, ein gutes Verhältnis zur Bundeskanzlerin aufbaut".

Das war ein Statement, das Karl aufhorchen ließ. Offenbar war Marie nicht nur eine gutaussehende Frau mit Pariser Flair, sondern auch intellektuell ernst zu nehmen. Er lachte sie an und fragte:

„Hätten wir in einer gallo-germanischen Nation denn Deutsch oder Französisch gesprochen?"

„Natürlich Französisch. Das wurde doch schon zu Zeiten unseres Sonnenkönigs auch an den deutschen Königs- und Fürstenhöfen gesprochen, weil das die Sprache der höheren Bildung und der feinen Lebensart war. Sogar dein preußischer König Friedrich konnte besser Französisch schreiben als deutsch. Die Plebs bleibt sowieso einsprachig mit ihren Dialekten. Ich hatte einen deutschen Freund in Düsseldorf, der mir erzählte, in Bayern habe er einen Dolmetscher gebraucht. Und wenn ich in der Bretagne oder in Marseille bin, geht es mir ähnlich". Und lachend fügte sie hinzu: „Aber auch der deutsche Durchschnitt kann Französisch erlernen, wie man an dir sieht. Oder gehörten deine Vorfahren schon zu einem der Fürstengeschlechter?"

„Nicht ganz", antwortete Karl, „väterlicherseits waren wir badische Tabakbauern, mütterlicherseits holländische Kaufleute. Deren Kenntnisse der französischen Sprache erschöpften sich im *Merci Madame*. Die Gnade französischen Sprachunterrichts verdanke ich der Nachkriegsordnung, die mich im französischen besetzten Teil Deutschlands aufwachsen ließ. Du siehst, sprachlich bin ich ein *Parvenu*, der gerade mal so den Aufstieg in den *tiers état* geschafft hat.".

Marie erwiderte: „Wenn du auf die *Égalité* als Folge unserer Revolution zu sprechen kommst, da habe ich eine besondere Meinung. Die

Jakobiner und das gemeine Volk haben nicht einmal zehn Jahre die Herrschaft ausgeübt. In dieser Zeit haben sie die Adligen zur Guillotine geschleppt, danach rollten ihre eigenen Köpfe. Der Adel war zu Recht eine Elite und bekam unter dem Joch Napoleons ja alsbald auch wieder seinen Lebensstil zurück. Genau so wie es auch heute wieder eine Elite gibt, sowohl in der Politik als auch in der Wirtschaft. Die Masse des Volkes schafft es nicht, sich zu organisieren".

Christian hatte neuen Wein geholt und bekam nur den letzten Teil von Maries Ausführungen mit.

„Na, na, Marie", tadelte er, „du beschwörst hier gerade einen neuen Klassenkampf. Wenn dich einer der *Sansculotten* aus dem *Faubourg Saint-Antoine* gehört und bei *Robbespierre* angeschwärzt hätte, bräuchten wir Karl und Albert als Verteidiger, um dich vor der Guillotine zu retten".

Albert fügte mit süffisantem Lächeln hinzu: „Ich bin mir nicht sicher, ob ich das Mandat angenommen hätte. Wir haben aus gutem Grund eine Demokratie. Die üppige Lebensform des Adels und die Macht der Kirche vor der Revolution waren angesichts des Leids der Massen menschenverachtend und unerträglich. Das *ancien régime* unter Ludwig XV. musste zu einem Volksaufstand führen. Schade nur, dass erst sein Nachfolger und Marie-Antoinette dafür unter der Guillotine bezahlt haben, und dass der Wechsel der Staatsform ein über zehn Jahre dauerndes Blutbad erfordert haben".

Das ließ Marie nicht unwidersprochen durchgehen. „Deine hochgelobte Volksherrschaft ist doch nur eine Vision. In Wirklichkeit sind wir eher eine Aristokratie, das heißt nur die Besten kommen nach Oben. Mit dem demokratischen Pöbel ist es heute nicht anders als bei den Römern: *panem et circenses.* Das sieht man an den sogenannten Reformen. Da wird etwas verkündet, und wenn die Plebs dann auf die Straße geht, wird von der Reform etwas zurückgenommen und an anderer Stelle ein bescheidenes Füllhorn geöffnet. Zusätzlich wird dann der eine oder andere Vertreter des gemeinen Volkes in die Reihe politischer Entscheidungsträger aufgenommen, wo er sich durch die Teilhabe an dem komfortablen Leben unbemerkt korrumpieren lässt. Dann sind die Massen besänftigt und das Leben geht weiter. Das wird auch im europäischen Rahmen nicht anders werden. Sieh mal, die Studentenrevolten der sechziger Jahre gab es in Deutschland, in Frankreich und Italien. Man könnte meinen, das war ein europäischer Ansatz, die gewalttätigen Terroristen waren ja in der Tat untereinander international vernetzt. Und was ist daraus geworden? Ende der siebziger Jahre war der Spuk vergessen. Die Eliten haben weitergemacht und es geht uns heute gut. Ich gebe dir nur in einem Punkt Recht: Der

Adelstitel der Vorfahren sichert nicht mehr den Zugang zur Elite, das System ist durchlässiger geworden, jeder kann es nach oben schaffen. Was uns in Europa eint, ist der Wille der Eliten. Ginge es nach den Massen, bliebe es bei kleinkariertem nationalstaatlichem Egoismus".

Die Tischrunde vertiefte das europäische Thema noch in alle denkbaren Richtungen und man entwickelte mit fortschreitender Stunde und zunehmender Weinseligkeit abenteuerliche Theorien über die Zukunft Europas. Mitternacht war längst vorbei, als die Ersten aufbrachen. Da Marie ohne Begleitung für den Heimweg war, wandte Christian sich an Karl:

„Würdest du Marie nach Hause bringen, es ist zwar nicht weit, aber doch sehr dunkel. Ich gebe dir eine Taschenlampe mit".

Karl übernahm diesen Kavaliersdienst natürlich gerne. Marie hakte sich bei Karl unter mit den Worten: „Das ist mir vom Bergsteigen in Fleisch und Blut übergegangen, immer sichern …" Karl erwiderte: „Beim Windsurfen ist das umgekehrt, da schreit man laut *Raum!*, wenn einer zu nahe kommt. Dein Sport ist ohne Frage kommunikativer". Dabei drückte er Maries bei ihm eingehakten Arm fester, sodass sie in Tuchfühlung neben ihm ging.

Sie liefen die dunkle Straße hinab und Marie erzählte von sich. Sie war ursprünglich Finanzjournalistin gewesen und hatte vor achtzehn Jahren eine Agentur eröffnet, die sich zunächst mit der finanziellen Beratung von Unternehmen befasst, dann aber das Geschäftsfeld aber auf Public-Relations ausgeweitet hatte. Aktuell beschäftigte sie zweiundzwanzig Mitarbeiter, davon fünf als Partner. Zu ihren Kunden zählten neben französischen Firmen auch große ausländische Marken, die bei der Pflege ihrer Geschäftsbeziehungen in Frankreich Unterstützung suchten. Das fordere sehr viel Einsatz und deshalb sei es ihr wichtig, sich Ruhezonen zu verschaffen; die finde sie hier, erklärte sie. Karl war beeindruckt. Als Marie ihn fragte, warum er Anwalt geworden sei, sagte er:

„Das ging über mehrere Stationen. Erst war ich Richter, aber das füllte mich nicht aus. Dann wurde ich Wirtschaftsanwalt und man hat mich nach einigen Jahren für einen Posten in der Müll-Branche abgeworben. Dort war ich zwanzig Jahre, die letzten Jahre in der Geschäftsführung. Wir waren die Größten in unserer Branche. Das Unternehmen geriet in einen großen Bestechungsskandal, wurde feindlich übernommen und der gesamte Vorstand wurde auf die Straße gesetzt. Meine Abfindung war siebenstellig und ich konnte frei entscheiden, was ich weiter machen wollte. Ich hatte mich dann schnell für die Wiederaufnahme meiner Anwaltstätigkeit entschieden".

„Das klingt nach einem bewegten Berufsleben. Wolltest du denn nicht in der Branche weiterarbeiten, dort hast du doch wahrscheinlich gut verdient?", fragte Marie.

„Ich hatte zwar ein Angebot von einem Wettbewerber, aber die Abhängigkeit von besserwisserischen Aufsichtsräten und der Umstand, dass man das Ende der Lebensarbeitszeit nicht selbst bestimmen kann, passte mir nicht. Ich bin auch nicht in eine bestehende Kanzlei eingestiegen, sondern habe ein eigenes Büro eröffnet. Das lief gut und ich habe ordentlich Geld verdient. Als ich sah, dass für einen Lebensabend auf meinem überschaubaren Anspruchsniveau genug Geld zusammen war, habe ich angefangen, meine Tätigkeit zu reduzieren, um mehr Freizeit zu gewinnen. Wir wissen ja alle nicht, wie viel Zeit uns noch bleibt".

„Das Thema beschäftigt mich demnächst auch. Mir fehlt noch der Plan, wie ich mich aus dem operativen Geschäft zurückziehen kann, ohne dass meine Agentur Schaden nimmt. Vielleicht werde ich verkaufen, aber da muss ich mit meinen Kollegen noch viel besprechen", bemerkte Marie nachdenklich. „Wie bist du denn aus eurem Bestechungsskandal herausgekommen? In solchen Fällen hat nach meiner Kenntnis der gesamte Board of Directors doch immer die Staatsanwälte auf dem Hals".

„Nun ja, ich hatte auch mehrere Ermittlungsverfahren gegen mich laufen. Die wurden zwar alle eingestellt, aber das dauerte fast zwei Jahre. Das hatte im Übrigen meinen Entschluss, mich als Anwalt selbständig zu machen, mit beeinflusst. Kommt man wieder in eine abhängige Position, belastet ein schwebendes Verfahren aus der Vergangenheit sehr. Man steht dann schnell wieder vor der Tür, weil der neue Dienstgeber für solche alten Geschichten wenig Verständnis hat. Ich habe das bei einem Vorstandskollegen gesehen, der trotz guter Qualifikation keine adäquate Position gefunden hat. Als Anwalt steht man den Dingen etwas entspannter gegenüber, und die Tätigkeit war wie ein *déja-vue* mit der Vergangenheit. Da ich finanziell unabhängig war, konnte ich mich nach eigenen Vorstellungen einrichten und musste nicht jedes Mandat annehmen. Es wurde sogar teilweise witzig, als ich die Strafverteidigung eines befreundeten Unternehmers übernommen hatte, der in den Gesamtkomplex der Bestechung involviert war. Ich bekam es auf der Gegenseite mit einem Staatsanwalt zu tun, der gleichzeitig noch gegen mich ermittelte. Als er mir die Akteneinsicht verweigern wollte, weil er meinte, ich sei da selbst als Beschuldigter im

Visier, suchte ich ihn in seinem Büro auf und wir führten ein kollegiales Gespräch, das trotz der Strenge der Verfahrensordnung nicht ohne beiderseitiges Amüsement verlief. Aber lass uns das Thema wechseln. Erzähle mir lieber etwas von deiner Familie. Hast du Mann und Kinder?"

Sie waren inzwischen am Ziel angekommen. Das Haus war von einer hohen Mauer mit einem großen Tor umgeben. Es lag am Ende des Dorfes an einem abschüssigen kleinen Weg, der weiter abwärts zu ausgedehnten Feldern führte. Die gesamte Vorderseite war hell beleuchtet, Karl konnte aber nur sehen, dass die Hausfront von hohen Sträuchern eingerahmt war. Marie hatte ihren Schlüssel bereits in der Hand und antwortete:

„Ich habe einen erwachsenen Sohn, er ist zurzeit auch hier zu Besuch. Er lebt und arbeitet in Genf. Der Vater ist abhandengekommen, wegen der Kinder halten wir aber losen Kontakt. Mein Sohn ist autoaffin, vielleicht zeigst du ihm morgen mal deinen Boliden".

Damit verabschiedete sie sich und Karl trat den Rückweg an. Anne und Christian waren noch mit dem Aufräumen beschäftigt und Karl ging ihnen zur Hand.

„Mein Freund", begann Christian „du hast deinen französischen Kollegen Albert etwas vernachlässigt. Er sagte mir zum Abschied, dass er sich gerne mit dir noch näher ausgetauscht hätte. Wir sollen morgen zum Kaffee vorbeikommen".

„Das geht nicht", warf Anne ein „Marie hat Karl und uns beide für morgen eingeladen".

„Dann werde ich Albert bitten, die Einladung einen Tag zu verschieben", und zu Karl gewandt fuhr Christian fort: „ Ich habe im Laufe der Zeit ja schon einige von Maries Männerbekanntschaften erlebt und muss sagen, mit zunehmendem Alter geht das wohl immer schneller". Dabei umspielte ein süffisantes Lächeln seine Lippen.

„Ich hoffe, dass du mit dem zunehmenden Alter nicht auch noch einen Qualitätsabfall verbindest", sagte Karl, „ich bin außerdem verheiratet und habe eine liebenswerte Freundin. Das reicht".

„Ok, aber wenn du demnächst einmal alle beide mitbringst, brauchen wir für dich ohnehin ein Ausweichquartier", vertiefte Christian genüsslich das Thema. Anne sagte mit Stirnrunzeln:

„Ich lasse euch mit euren infantilen Männergesprächen allein und gehe schlafen.

Christian rief ihr hinterher:

„Karl war auf einer Klosterschule, ich muss ihn vor der französischen Damenwelt warnen". Und zu Karl sagte er:

„Komm wir nehmen noch einen Schlummertrunk. Anne ist in Beziehungsfragen sehr konservativ. Unsere Tochter Frédérique ist streng erzogen worden, unser Sohn Nicolas durfte sich dagegen fast alles erlauben. Da ich beruflich viel in der ganzen Welt unterwegs war, lag die Erziehung der Kinder hauptsächlich bei Anne. Aber offenbar hat sie alles richtig gemacht, denn Frédérique ist seit mehreren Jahren glücklich verheiratet und hat eine reizende Tochter, während unser Sohn Nicolas lange von einer Beziehung in die nächste getorkelt war. Das hängt aber auch mit seinem Beruf zusammen. Er betreibt mit einem Partner ein Restaurant und zwei Bistros in Paris. Anne und ich haben im Moment allerdings den Eindruck, dass er in einer Beziehung mit Zukunft lebt".

Sie plauderten noch eine ganze Weile und Christian erzählte, dass Marie außerordentlich erfolgreich sei mit ihrer Agentur. Sie habe es geschafft, beste Verbindungen in die Finanzwelt und in das Wirtschaftsministerium aufzubauen. Diese Verbindungen mache sie für ihre Klientel nutzbar und verdiene damit sehr gut.

„Wir haben sie kennengelernt, als sie hier ein Haus suchte. Dabei konnten wir ihr helfen und sind seitdem beste Freunde. Ich achte auf ihr Haus, wenn sie nicht da ist und besorge im Bedarfsfall auch Handwerker. Du hast ja erlebt wie charmant sie ist. Sie versteht es, Leute für sich einzunehmen. Ich bin aber überzeugt, dass sie auch knallhart sein kann. Wenn sie hier ist, will sie easy und entspannt leben, das macht den Umgang angenehm".

Karl versuchte, das Thema zu wechseln. Er wollte dem Eindruck entgegenwirken, ein besonderes, womöglich erotisches Interesse zu verfolgen. Die Gesellschaft einer attraktiven Frau hatte für ihn immer einen besonderen Reiz gehabt, aber die Zeiten, als er nichts dagegen hatte, schleichend verkuppelt zu werden, sah er für sich als lange erledigt an. So fragte er Christian zur Ablenkung:

„Was ist eigentlich aus der jungen Dame geworden, die dich begleitet hatte, als du mit Auto nach Hamburg gefahren bist, um bei mir am Niederrhein vorbeizukommen?"

Christian schaute ihn zunächst verständnislos an, dann klärten sich seine Gesichtszüge auf. „Jetzt erinnere ich mich. Das ist doch fast zwanzig Jahre her. Ich musste zu einem Meeting bei Airbus in Hamburg und bin statt zu fliegen mit dem Auto gefahren. Da war meine Assistentin dabei. Sie hat sich in unserer beider Gesellschaft entsetzlich gelangweilt, weil wir nur über unsere gemeinsamen früheren Zeiten geredet haben. Allerdings war sie beeindruckt von eurem Haus. Nun, um mit dem zu beginnen, was dich wohl in erster Linie interessiert: ich hatte nichts mit ihr. Sie war sicherlich sehr attraktiv, aber wir hatten bei Siemens schon damals strenge Regeln im Umgang miteinander. Sie war nach unserer Reise noch etwa ein Jahr im Unternehmen, dann bekam sie ein gutes Angebot aus der Schweiz und war weg. Um nochmal auf Marie zu kommen, denke immer daran, sie ist tüchtig, zielorientiert, wohlhabend und wahrscheinlich skrupellos“. Christian ließ sich erkennbar nicht ablenken und Karl stellte klar:

„Nein, ich habe mit Marie nichts im Sinn, es gefällt mir nur, dass ich bei euch außer vergeistigten Literaten auch jemanden mit weltlichen Interessen treffe. Es ist ungemein kurzweilig, sich mit ihr zu unterhalten. Sie nimmt beim Sprechen auch Rücksicht darauf, dass ich im Französischen weit entfernt von perfekt bin. Außerdem fühle ich mich zu alt für Eskapaden. Ab dem sechzigsten Lebensjahr sollte man sich dem Golfspiel und dem Rotwein widmen“.

„Das sehen wir in Frankreich anders“, antwortete Christian und fügte lächelnd hinzu: „Beim Rotwein stehst du jedenfalls noch ganz am Anfang. Aber egal, du hast ohnehin eine gewaltige Hürde vor dir. Wenn du morgen ihren Vater kennenlernst, kommt eine Geduldsprobe. Er wird dir die Ursachen für die Kriege zwischen Frankreich und Deutschland analytisch erläutern, um sodann unter Aufzählung seiner Verdienste zu zeigen, mit welchen Mitteln die Völker in Freundschaft zueinander gefunden haben. Du wirst dich mit Marie erst wieder unterhalten können, wenn ihr Vater erschöpft zum Nachmittagsschlaf geht. Ich werde mich an eurem Gespräch vorsorglich nicht beteiligen, sondern mit den Damen einen Aperitif auf der anderen Terrassenseite nehmen. Jetzt bin ich aber auch erschöpft, wir sollten schlafen gehen. Dein Zimmer und die Dusche findest du ja“.

Am nächsten Morgen traf man sich in der Küche zum Frühstück. Der Raum war zwar nicht groß, aber sehr gemütlich. Man saß um einen kleinen Holztisch auf einfachen Stühlen, die ohne Polsterkissen das Gesäß strapaziert hätten. Der Vorteil der räumlichen Enge lag darin, dass man die Kaffeemaschine in Reichweite hatte und mit einem Schritt am Kühlschrank war. Eine Glastür zum Garten gab den Blick frei auf verschiedene Obstbäume, die inmitten einer gepflegten Rasenfläche standen. Als Karl eintrat, saß Christian schon vor einer Tasse Kaffee und Anne räumte die Spülmaschine aus.

„Wie hast du geschlafen?", fragte Christan freundlich.

„Ich hatte einen Alptraum. Ich hing mit Marie in einer Felswand, schaffte es nicht mehr weiter und sie kappte das Seil, an dem ich unter ihr hing mit den Worten *Adieu, mon petit Boche.* Im freien Fall wurde ich schweißgebadet wach".

„Ha, ha" lachte Christian, „das ist entlarvend. Du bist erstens nicht schwindelfrei und zweitens hat Marie dich mit ihrem Enthusiasmus für die Alpen infiziert. Und drittens enthält der Traum vielleicht eine Warnung, dass du dich nicht an Marie hängen sollst. Aber du hättest den Traum zu Ende träumen sollen, am Fuß der Steilwand hätten Anne und ich dich aufgefangen".

Als Anne in Karls Tasse Kaffee eingoss, lächelte sie ihn an und sagte:

„Bei Christian muss auch hin und wieder das Seil kappen …"

Das Mahl war kontinental frugal. Es gab starken Kaffee in großen Tassen, den Karl mit viel Milch ergänzen musste, um seinen Magen zu besänftigen. Dazu kam Baguette in Scheiben geschnitten, das vom Vortag stammte. Das war verständlich, weil man zum Bäcker sieben Kilometer fahren musste. In dem kleinen Dorf erschöpfte sich das Lebensmittelangebot in einem Zigarettenautomaten. Da außer Butter und Marmelade nichts auf dem Tisch stand, fragte Karl an Christian gewandt:

„Kannst du dich an mein erstes Frühstück mit deinem Vater damals in eurer Dienstwohnung bei den *Sapeurs Pompiers* erinnern? Er verweigerte mir den Käse auf dem Baguette, weil ich schon Butter genommen hatte".

Anne schaltete sich schuldbewusst ein:

„Möchtest du etwas Käse statt der Marmelade haben?" Und sie erhob sich, um an den Kühlschrank zu gehen.

Christian lächelte maliziös und sagte:

„Lass´ mal, Anne, als ich damals mit meinem Vater in Streit geriet, um Karl zu seinem Käse zu verhelfen, sagte der mir, ihm sei die Marmelade lieber. Ich fühlte mich *comme la lune* – wie ein Ochse". Dann lehnte er sich vor, stützte seine Ellenbogen auf den Tisch, blickte Karl mit gespielt strafendem Blick an und fuhr fort: „Ich habe lange Jahre vergeblich auf deine Entschuldigung gewartet, jetzt genieße ich meine Revanche".

Anne servierte trotzdem einen köstlichen *Brie*, den sie Karl zusammen mit der Butter anbot, und als Christian die Geschichte von damals ausführlich erzählte, lachten sie alle herzlich.

„Zu Marie gehen wir gegen halb fünf", sagte Christian, „da können Karl und ich heute Vormittag nach *Puiseaux* fahren, die Einkaufsstraße ist ganz nett und am Marktplatz trinken wir einen Kaffee. Auf der Rückfahrt bringen wir aus dem Rosencenter einen Blumenstrauß für Marie mit".

„Dann gebe ich dir noch einen Einkaufszettel mit. Dafür müsst ihr dann wohl am Supermarkt vorbeifahren", warf Anne ein

Karl war das sehr recht, weil er bei dieser Gelegenheit seinen Vorrat an Pfeifentabak ergänzen wollte.

„Wir nehmen aber dein Auto, dann können wir bei offenem Dach das Wetter genießen", sagte Christian zu Karl, „außerdem steht dein Wagen hinter meinem in der Einfahrt".

Als Karl den Wagen aus der Einfahrt herausgefahren hatte, stieg Christian ein und betrachtete sich das Interieur.

„Für einen Amerikaner ist das gar nicht schlecht. Aber warum fährst du keine deutsche Marke?"

„Das ist mein kleines Dankeschön für den Marshall-Plan", antwortete Karl, „wäre die Nachkriegsordnung von Frankreich bestimmt worden, stünde ich jetzt bestenfalls mit einem Pferdefuhrwerk in deiner Einfahrt".

„Da hast du nicht ganz Unrecht, die Franzosen wollten Deutschland nach dem Krieg am liebsten in einen Agrarstaat verwandeln. Aber in dem Fall hättest du zu meiner Familie kommen können, wir wären dann wie Brüder aufgewachsen", merkte Christian an und fügte spitzbübisch hinzu: „aber dann wärest du Franzose geworden und für Marie ziemlich uninteressant, weil es davon in Paris wimmelt. Trotzdem meine ich, als Deutscher solltest du einen Mercedes, BMW oder Audi fahren".

„Du fährst ja auch eine italienische statt einer französischen Marke. Bei dir hat offenbar das Design über den berüchtigten französischen Nationalstolz gesiegt", erwiderte Karl.

„Nach meinem Ausscheiden aus der Firma hatte ich meinen Dienstwagen übernommen. Alle Dienstwagen sind bei französischen Firmen Citroen, Peugeot oder Renault. Da spielt der Nationalstolz wohl tatsächlich eine Rolle. Ich habe schon immer für *Alfa-Romeo* geschwärmt. Jetzt habe ich ihn endlich, obwohl ich nicht mehr viel fahre. Marie hat übrigens einen Audi seit sie von denen einen Auftrag erhalten hatte", sagte Christian, „so, jetzt gib mal Gas, damit ich den Motor höre".

Sie hatten den Ort *Échilleuses* hinter sich gelassen und Karl drückte den Knopf, der die Drosselklappe öffnete, legte den Modus für die Wippschalter ein und beschleunigte den Wagen im zweiten Gang auf neunzig Stundenkilometer. Bei gut fünftausend Umdrehungen verursachte er damit einen Höllenlärm. Christian hielt sich die Ohren zu und rief:

„*Bon dieu*! Fahre wieder normal, sonst werden wir noch eingesperrt."

In *Puiseaux* angekommen suchten sie eine Parkgelegenheit und gingen über die Haupteinkaufstrasse zum zentral gelegenen Marktplatz. Das Städtchen war nett, ordentliche bunte Häuser mit einer Vielzahl von kleinen Geschäften im Erdgeschoß säumten die Straße, aber Karl hielt vergeblich Ausschau nach einem Pfeifen-und Tabakladen. Auf dem Marktplatz fand ein Wochenmarkt statt und man musste sich einen Weg durch die Menschenmenge bahnen. Christian traf eine Bekannte und wechselte einige Worte mit ihr, dann suchten sie eines der umliegenden Cafés auf. Sie ließen sich entspannt auf der Terrasse nieder und beobachteten das bunte Treiben auf dem Markt.

„Ich sehe hier viel weniger gut aussehende und chic gekleidete Frauen als man das in Frankreich erwartet", bemerkte Karl.

„Wenn Ausländer von Frankreich sprechen, meinen sie überwiegend Paris. Dort ist das Leben natürlich ganz anders. Man hat Wohnungen, die teuer und deshalb klein sind, man trifft sich mit Freunden nie zuhause, sondern geht aus. Und weil man sich viel in der Öffentlichkeit bewegt, achtet man auf sein Erscheinungsbild. Ich erlebe das an mir selbst. Als wir in Paris lebten, habe ich morgens darauf geachtet, dass die Bügelfalte an der Hose zu sehen war, der Hemdkragen ordentlich saß und die Schuhe sauber waren. Hier trage ich Pullover und Hose ohne Bügelfalte. Auch bei Anne bemerke ich, dass sie ihrem Aussehen nicht mehr die Bedeutung beimisst wie in Paris. Wenn wir allerdings nach Paris in unser Appartement fahren, kleidet sie sich anders und das Make-up dauert deutlich länger. Vor allem wenn sie ihre Kurse im Louvre besucht, richtet sie sich mit Chic her. Das gefällt mir, weil ich daran sehe, dass sie noch Lebenslust hat. Das Leben als Rentner hat Tücken. Da es kaum noch von außen gesetzte Zwänge gibt, gerät man in Gefahr, alles, und vor allem sich selbst, treiben zu lassen. Ich beschäftige mich viel mit meinem Weinkeller. Ich verfolge dabei auch den Markt, das heißt, wenn ich sehe, dass ein bestimmter Wein, von dem ich einen Vorrat habe, im Wert gestiegen ist, verkaufe ich ein oder zwei Kisten und reinvestiere in einen Wein, dem ich künftiges Potential zutraue. Daneben bin ich Mitglied in einem baskischen Chor geworden und gehe jede Woche zur Probe. An den Wochenenden kommt unsere Tochter mit Alexandre, ihrem Mann, und ihren beiden Kindern oft zu Besuch. Unsere alten Tage sind somit gut ausgefüllt. Die Zeiten zwischendurch muss ich mich dem Haus und dem Garten widmen. Wir sind immer noch am Ausbauen; im Herbst wollen wir die Scheune in ein Appartement verwandeln. Das ist dann für dich reserviert, falls du dich entschließt, deinen Lebensabend hier zu verbringen. Du musst nur sagen, ob du mit deiner Frau oder Freundin einziehen wirst. Na ja, Platz wäre auch für beide …"

„Das klingt interessant", antwortete Karl, „Aber ich betreibe meinen Beruf noch. Zwar in stark reduziertem Umfang, aber den Entschluss zur endgültigen Aufgabe der Berufstätigkeit schiebe ich vor mir her. Zum einen natürlich, weil die Arbeit gelegentlich noch Spaß macht, zum anderen aber wohl auch aus einer undefinierten Angst vor dem Alltag eines Rentners. Alle deine Hobbys habe ich nicht, ich verstehe nichts vom Wein, ich verabscheue Bautätigkeiten, und im Garten achte ich nur darauf, dass mein Mähroboter den Rasen bearbeitet. Enkel habe ich bis jetzt keine und auf dem Golfplatz mag ich auch nicht alle Freizeit verbringen. Bleiben unsere beiden Hunde, an denen ich sehr hänge, und mein Faible für das Windsurfen auf der Nordsee. Aber das sind alles keine den Alltag füllenden Lebensziele. Mit zunehmendem Alter und nachlassenden Kräften wird das Spektrum der Betätigungsmöglichkeiten kleiner. Das habe ich beim Tennisspielen, beim Joggen und beim Skilaufen schon erfahren. Und beim Windsurfen darf der Wind auch schon nicht mehr zu stark sein. Ich werde mir Gedanken machen müssen, wie ich meinen Alltag ordne, wenn es nichts mehr zu tun gibt".

Christian besänftigte: „Du wirst sehen, dass sich auch für einen Rentner halbwegs interessante Dinge finden. Es müssen nicht diese unsäglichen Kreuzfahrten oder sonstige Kollektivveranstaltungen sein, mit denen man sich über die Tage rettet. Wenn es bei dir soweit ist, komme zu uns. Ich werde dich in die Geheimnisse des Bordeaux-Weins einführen und du bringst mir Golfspielen bei. Übrigens, bevor wir zurückfahren, könnten wir einen kurzen Abstecher zur Mutter von meinem Schwiegersohn Alexandre machen. Die hat mit ihrem jetzigen Mann vor kurzem ein richtiges kleines Schloss hier in der Nähe gekauft, das richtet sie gerade ein, wirklich sehenswert. Was hältst du davon?“

Karl war einverstanden und sie brachen auf. Nach einigen Kilometern kamen sie an ein Anwesen, das von einer wohl hundert Meter langen Mauer zur Straße hin abgegrenzt war.

„Dort vorne rechts durch das Tor musst du fahren“, sagte Christian. Vor ihnen erstreckte sich eine lange Auffahrt zum Haupthaus. Links sah man große Stallungen und auf einer Freifläche stand ein Turm, in den von allen Seiten Löcher eingelassen waren. Karl kam es ein wenig vor, als bewegten sie sich in einem romantischen Heimatfilm.

„Stell den Wagen hier vorne ab“, sagte Christian, „wir laufen den Rest des Weges“.

Aus einer der Stallungen kam ein Mann in Arbeitsjacke und mit Gummistiefeln.

„*Bonjour* André, rief Christian, und zu Karl gewandt: „Das ist der Lebensgefährte von Madelaine, der Mutter meines Schwiegersohns“.

Sie begrüßten sich freundlich, Christian stellte Karl vor und sagte:

„Wir waren in *Puiseaux* und wollten kurz Guten Tag sagen“.

„Dann unterbreche ich gerne meine Arbeit und komme mit euch, Madelaine ist im Haus. Ich bin zurzeit dabei, die Wiesenflächen entlang dem Bachlauf zu mähen. Vorgestern habe ich einen neuen Traktor mit Mähvorrichtung bekommen, damit macht die Arbeit richtig Spaß. Die Anpflanzungen vor dem Haus macht ein Gärtner, aber die grobe Arbeit mit dem Traktor lasse ich mir nicht nehmen“, sagte Andre´.

Karl konnte sich nicht vorstellen, wie solche Tätigkeit Spaß machen sollte, aber er äußerte sich artig in den höchsten Tönen anerkennend zu den Freuden landwirtschaftlicher Arbeit. Er fragte nach der Bedeutung der Löcher in dem Turm, an dem sie vorbeigekommen waren.

„Der Turm ist schon sehr alt und hat einen historischen Hintergrund. Die Löcher sind für Ziervögel angebracht. Es galt in früheren Zeiten als Zeichen für Wohlstand, wenn man möglichst viele solcher Vögel hielt“, erklärte Andre´ und fügte bescheiden hinzu. „wir halten keine Ziervögel und freuen uns, wenn gelegentlich wilde Vögel dort nisten“.

..Karl lächelte amüsiert, weil er von Christian wusste, dass Madelaine und Andre´ ein weiteres Chateau in der Bretagne besaßen und ein Haus im *Marais*-Viertel in Paris verkauft hatten, was ihnen finanziellen Spielraum für Vogelwelten im zoologischen Maßstab eröffnet hätte.

Sie liefen plaudernd zum Haupthaus und trafen Madelaine in der Küche an, wo sie einer Haushaltshilfe verschiedene Anweisungen erteilte. Sie blickte erfreut auf, als sie den Besuch sah, und schlug vor, einen Kaffee im Salon zu nehmen. Madelaine war eine Frau von auffallender Eleganz und bildete einen fast komischen Kontrast zu Andre´ in seiner Landarbeiterkleidung, zumal dieser entspannt mit seinen Gummistiefeln an den Füßen in einem viktorianischen Lehnstuhl Platz genommen hatte. Er war früher eine Größe am Pariser Finanzplatz gewesen und genoss es offensichtlich, dem Kleidungszwang entkommen zu sein.

Das Gespräch drehte sich im Wesentlichen um die gemeinsamen Enkel von Madelaine und Christian, um deren Ferienplanung und aktuelle Gesundheit. Karl war froh, dass man ihn wohlwollend als Christians Freund betrachtete, ohne das Zustandekommen ihres Kennenlernens zu hinterfragen, sodass ihm eine neuerliche Darstellung der Geschichte ihrer Eltern erspart blieb. Nach einer knappen Stunde drängte Christian zum Aufbruch, weil sie noch Besorgungen für Anne zu erledigen hatten. Sie verabschiedeten sich freundlich und Karl nahm den Eindruck mit, dass er hier einen Einblick in das Leben des französischen Geldadels bekommen hatte.

Auf der Rückfahrt merkte Christian an:

„Hier hast du einen Teil einer sehr wohlhabenden Patchwork-Familie gesehen. Madelaine hat einen erwachsenen Sohn aus einer früheren Ehe, also einen Stiefbruder meines Schwiegersohnes. Die beiden haben ein schwieriges Verhältnis miteinander. Da es vorkommt, dass beide mit ihren Familien hier sind, hat Madelaine einen getrennten Wohntrakt einrichten lassen. Ich habe es erlebt, dass alle anwesend waren und sich so kontaktfrei bewegt haben wie in einem Hotel. Nur die Kinder gehen entspannt miteinander um, wenn sie sich am Swimming-Pool treffen. Alexandre und Frédérique wohnen deshalb bei ihren Besuchen auch lieber bei uns und besuchen Madelaine vorzugsweise, wenn sie alleine mit André ist. Der ist sehr umgänglich und findet seine Freude beim Umgang mit Landmaschinen, die er sich für alle denkbaren Arbeiten auf dem riesigen Areal anschafft. Du hast gesehen, er ist bei der Arbeit von einem Landarbeiter nicht zu unterscheiden. Er genießt es auch, wenn er Fremde am Tor begrüßt und von diesen für einen Domestiken gehalten wird“.

„Nun ja, Madelaine gleicht den Mangel an Eleganz reichlich aus", erwiderte Karl, „sie muss in jüngeren Jahren eine Schönheit gewesen sein".

„Das fanden andere auch. Sie war vor André zweimal verheiratet und hat bei der Scheidung von Alexandres Vater das Anwesen in der Bretagne übrig behalten. Ich habe das nie gesehen, aber Alexandre erzählt, dass das noch schöner ist als der Besitz hier. Man findet in Frankreich ziemlich viele solcher noch bewohnten hochherrschaftlichen Besitztümer aus vergangener Zeit. Unsere große Revolution hat eben nicht alles gleich gemacht. Als ich mit Anne noch in Paris wohnte, wurde Madelaine gelegentlich in der Boulevard-Presse erwähnt. Sie ist schon außergewöhnlich. Als Frédérique mit Alexandre heiratete, habe ich mir gelegentlich Sorgen um ihre Zukunft gemacht, weil wir in dieser Liga nicht mitspielen können. Aber Alexandre ist ein herzerfrischender junger Mann ohne jeglichen Dünkel, der Frédérique und die beiden Kinder über alles liebt. Er hat zwar an einer unserer Elite-Universitäten studiert und arbeitet in einem Ministerium, aber die Familie geht ihm eindeutig über die Karriere".

Bei ihrer Rückkehr fanden sie das Mittagessen schon vorbereitet und Christian berichtete von ihrem spontanen Besuch bei Madelaine und André. Nach einer ausgedehnten Mittagsruhe machten sie sich auf den Weg zu Marie. Da Karl sein Auto mitbringen sollte, fuhr Anne mit ihm und Christian lief zu Fuß.

Karl quälte sich mit seiner *Corvette* durch die engen Gassen und stellte sein Auto hinter dem Haus von Marie neben einem betagten Landrover ab. Anne erklärte:

„Der Wagen gehört Marie, sie hat ihn angeschafft, weil im Winter die Straßen manchmal unpassierbar sind. Wir haben es schon erlebt, dass das Dorf zwei Tage nicht erreichbar war, weil es so lange dauerte, bis ein Schneepflug uns hier erreichte".

Sie gingen zum Eingangstor, wo Christian schon mit Marie stand und sie erwartete. Marie war heute weniger sportlich gekleidet. Sie trug ein buntes Kleid mit offenen Schuhen und hatte eine Halskette sowie große Ohrringe angelegt. Das wirkte ausgesprochen weiblich. Sie wurden mit einer kleinen Umarmung und Bussi begrüßt, und Karl genoss wieder flüchtig den Duft ihres Parfums.

Über den Hof kamen sie zu einer Terrasse. Dort stand ein großer bereits eingedeckter Tisch, an dem ein älterer Herr saß und sie freundlich erwartungsvoll anblickte. Marie machte Karl mit ihrem Vater bekannt und alle nahmen Platz. Karl wurde neben Maries Vater platziert. Ein Stuhl blieb frei und Marie erklärte:

Mein Sohn Jules kommt noch dazu, er ist mit seinem Rennrad unterwegs und sollte eigentlich schon zurück sein. Anne, kannst du mir eben helfen, den Kuchen und den Kaffee aus der Küche zu holen?“

Karl bot sich an, das Tablett zu tragen, aber Marie bedeutete ihm, sitzen zu bleiben und ihrem Vater zu erklären, wo er in Deutschland wohne und welchen beruflichen Hintergrund er habe. Dies wurde der Beginn einer Unterhaltung, die bis in die beginnenden Abendstunden dauern sollte. Als alle am Tisch saßen und Kaffee und Kuchen genossen, unterbrach Marie die beiden immer wieder einmal, um Karl und ihren Vater in das Gespräch der anderen mit einzubeziehen. Sie tat das sehr charmant und Karl merkte anerkennend, dass Marie sehr um ihren Vater bemüht war. Bei späterer Gelegenheit erklärte sie Karl, dass sie ihrem Vater sehr nahe stehe, weil er ihren Werdegang teilweise gegen den Willen der verstorbenen Mutter mit viel Nachdruck und ungewöhnlichem Engagement gefördert habe. In ihren jungen Jahren habe es eine Phase gegeben, in der vieles schief zu laufen drohte. Es sei ihr Vater gewesen, der sie buchstäblich aus dem Sumpf gezogen und in die richtige Bahn zurückgeführt habe. Dies werde sie ihm bis an das Ende seiner Tage nicht vergessen.

Jules war inzwischen von seiner Radtour zurückgekommen und fragte, ob er sich erst duschen und umziehen müsse, oder ob er so Platz nehmen dürfe. Marie bat ihn, sich frisch zu machen, es bleibe genug von dem Kuchen für ihn übrig.

Als die Kaffestunde sich ihrem Ende näherte, setzte Christian seinen Plan, Karl dem Gespräch mit Maries Vater zu überlassen, um, indem er Marie bat, ihm und Anne den neu bepflanzten Teil des hinteren Gartens zu zeigen. So blieb Karl in dem Gespräch mit Maries Vater allein. Er fühlte sich aber keineswegs in einer Opferrolle, weil die Erzählungen des betagten Herrn ihn sehr schnell in ihren Bann zogen. Auf Grund seiner Rolle in der französischen Kommunalpolitik wusste er alles von den Anfängen der französisch-deutschen Verständigung und Karl erfuhr manches Detail, das ihm neu war. Dazu kam, dass Maries Vater eine Aussprache pflegte, die ihn zum idealen Lehrer in Französisch hätte werden lassen. Mit Ausnahme verschiedener Begrifflichkeiten, deren Bedeutung Karl hinterfragen musste, hatte er keinerlei Problem, den Ausführungen zu folgen. Er merkte, dass er hier einen Mann vor sich hatte, der sein Arbeitsleben der Verständigung und der Integration der europäischen Nationen gewidmet hatte. Karl war rückhaltlos begeistert.

Marie war zwischendurch zu ihnen gekommen und hatte gefragt, ob jemand noch etwas zu trinken wünsche. Karl verneinte dankend und ihr Vater sagte:

„Ich nehme noch gerne ein Glas Wasser. Dein Gast ist ein aufmerksamer und kritischer Zuhörer. So jemanden wie ihn hätte ich mir in einer der vielen Delegationen gewünscht, die ich bei deutsch-französischen Gesprächen miterlebt habe".

Marie legte ihrem Vater zärtlich eine Hand auf die Schulter, lächelte Karl aufmunternd zu und verschwand dann wieder. Die Unterhaltung wurde fortgesetzt und sie sprachen über die Zukunft der EU. Maries Vater merkte mit leichter Melancholie an:

„Die vereinigten Staaten von Europa, die *Ortega y Gasset* schon 1930 als Vision beschwor, wird es wohl nie geben. Dazu sind die die nationalen Egoismen zu groß. Die Kulturunterschiede sehe ich nicht einmal als das Problem an, aber die Demokratien in allen EU-Staaten sind der Bremsklotz. Politiker stehen in dem Zwang, wiedergewählt zu werden. Das gelingt nicht mit Programmen, die Einschnitte im eigenen Land zugunsten anderer Länder vorsehen. Die endlosen Streitereien um den EU-Haushalt zeigen das. Wir müssen es als großen Erfolg betrachten, dass mit den Verträgen von Maastricht, Amsterdam, Nizza und zuletzt Lissabon wenigstens eine integrationspolitische Einheit entstanden ist. Bei Aufnahme weiterer Staaten werden aber weitere Reformen notwendig werden. Eine Sisyphus-Arbeit bleibt es, innerhalb der riesigen EU-Administration für mehr Demokratie, Transparenz und Effizienz zu sorgen und die EU den Bürgern näher zu bringen. Wir werden zufrieden sein müssen, wenn das Europa der Vaterländer, wie *de Gaulle* es beschrieben hat, dauerhaft bleibt, vielleicht einmal so etwas wie ein europäischer Patriotismus entsteht".

„Die Regelungen aus Brüssel sind natürlich auch nicht durchgängig zum Hurra schreien", sagte Karl, „wenn ich zum Beispiel sehe, was die EU-Vergaberichtlinien nach sich ziehen, zweifele ich am Verstand der Bürokraten. Die Kommunen müssen alle Aufträge ab gewissen Schwellenwerten europaweit ausschreiben. Das Vergabeverfahren ist kompliziert geregelt und Fehler können zu einer gerichtlichen Nachprüfung führen. Das Ziel, den Binnenmarkt übergreifend zu öffnen, ist lobenswert, aber die Schwellenwerte sind lächerlich niedrig angesetzt. Ich habe das wiederholt selbst erlebt. Da schreibt eine Stadt ihre Hausmüllentsorgung europaweit aus, sodass sich auch ein portugiesischer Unternehmer am Niederrhein bewerben könnte, es kommen aber nicht einmal Angebote aus den unmittelbar benachbarten Niederlanden. Der Markt bleibt unter den lokalen Playern aufgeteilt, die sich nun aber mit Messern zwischen den Zähnen bei Gericht über die korrekte Einhaltung der Verfahrensdetails streiten können, weil die Vergaberichtlinie eine gerichtliche Überprüfbarkeit des Verfahrens zwingend vorgibt. Die Kommune muss den manchmal zwei Jahre dauernden Rechtsstreit abwarten und kann den Auftrag nicht vergeben. Nutznießer sind Rechtsanwälte, die sich inzwischen in Scharen auf dieses neu entstandene Rechtsgebiet gestürzt haben. Den Kommunen entstehen beachtliche zusätzliche Kosten, die der Bürger am Ende zu tragen hat. Das ist pure Überregulierung".

„Reformen tragen immer das Risiko, dass nicht alle Auswirkungen bedacht werden können. Man muss trotzdem das große Ziel im Auge behalten und kleine Nebenwirkungen in Kauf nehmen ", erwiderte Maries Vater abwiegelnd.

„Um nochmal auf die Vision von den vereinigten Staaten von Europa zurückzukommen", sagte Karl, „ein historisches Hindernis bleibt sicherlich die französische Vorstellung, dass es sich dabei um ein großes Frankreich handeln müsse, mit zentralistischer Steuerung aus Paris und einer Dominanz französischer Kultur nach dem Prinzip *L'Europe c'est moi*. Oder sehe ich das falsch?"

„Mein junger Freund, Sie lesen die falschen Bücher. Es gab sicher Zeitabschnitte, in denen Frankreich im Lichte des Sonnenkönigs politischen und kulturellen Hochmut zelebriert hatte. Ich gebe auch zu, dass die napoleonischen Kriege von derselben Idee geleitet waren, wie die Verbreitung des *Code Napoleon* belegt. Aber es war auch unser Robert Schumann, der den Nationalismus beiseitegelegt und die Idee einer ökonomischen Einheit Europas geschaffen hatte. Seitdem dominiert auch bei uns das Bild eines *Europe des patries,* wie de Gaulle das formuliert hat. Und wenn Frankreich gelegentlich den Eindruck der *Grande Nation* in Brüssel vermittelt, ist das eher als Abwehrreaktion auf die wirtschaftliche und politische Übermacht Deutschlandes zu verstehen. Seit dem Kanzler Schröder mit seinen Reformen wächst die Bedeutung Deutschlands ständig. Es ist meine ungebrochene Überzeugung, dass die unter Karl dem Großen vereinten Völker im Westen und Osten seines Reiches die Verpflichtung haben, Europa als Weltmacht zu einen".

„Das erinnert an die Habsburger, die in ihrer Blütezeit auch schon international dachten", merkte Karl an.

„Vielleicht, aber es waren die Preußen, die Deutschland vereint und eine europafeindliche nationale Politik praktiziert haben. Als Resumée bleibt aktuell, dass ein vereinigtes Europa jedem Volk seine Identität lassen muss und derzeit nicht danach streben sollte, wie die Vereinigten Staaten von Amerika oder die ehemalige Sowjetunion zu werden. Wir haben mit dem Euro und mit Schengen schon viel erreicht. Ich will mich jetzt aber zurückziehen und darf Ihnen sagen, dass mir die Unterhaltung mit Ihnen sehr viel Freude gemacht hat. Ich hoffe, dass wir Gelegenheit bekommen, uns wieder einmal zu sprechen".

Mit diesen Worten stand er mühsam und unter Zuhilfenahme eines Gehstocks von seinem Stuhl auf und verschwand im Hauseingang.

Nachdem Karl versicherte hatte, dass auch er das Gespräch genossen habe, machte er sich auf die Suche nach den anderen. Er fand sie hinter dem Haus auf einer Terrasse, die der Abendsonne zugewandt war. Sie tranken Rosé und hatten für Karl schon ein Glas bereitgestellt. Christian grinste, nach Karls Meinung etwas unverschämt, aber Marie entschädigte ihn. Sie stand auf, ging auf Karl zu und drückte ihn fest an sich.

„Du hast meinem Vater viel gegeben, Ich habe ihn lange nicht mehr so aufgeweckt und engagiert gesehen. Dafür bin ich dir sehr dankbar."

Bevor sie Karl wieder los ließ, intensivierte sie den Druck kurz noch etwas, sodass Karl ihren gesamten Körper spürte. Sie streifte mit ihren Lippen kurz seine Wange und setzte sich wieder. Karl hatte gespürt wie eine angenehme Wärme durch seinen Körper strahlte. „Taktiler Sensitivismus ist ein starkes Gefühl", dachte er und es dämmerte ihm, dass er einer Versuchung ausgesetzt werden könnte, der er nicht gewachsen war. Zu Marie gewandt sagte er:

„Diese Unterhaltung war für mich ein großer Gewinn. Dein Vater hat eine Art, die Zusammenhänge zu erläutern, die mich in den Bann geschlagen hat. Ich hätte noch lange mit ihm weiter sprechen können, ohne dass mir das zu viel geworden wäre. Aber er war dann doch irgendwann erschöpft."

Anne hatte Karls Glas gefüllt und Christian erläuterte:

„Wir sind schon bei der zweiten Flasche. Probiere mal, du wirst sehen, es gibt in Frankreich nur gute Weine, und Marie hat dir zu Ehren eine besondere Sorte ausgewählt, der kommt vom *Chateau Simone* in Palette. Dort wird zwar hauptsächlich Rotwein angebaut, aber deren Rosé ist unter Kennern ein Tipp".

Karl nahm sein Glas und prostete allen zu. Als er dabei Marie anschaute, glaubte er in ihrem Blick ein aufforderndes Leuchten zu erkennen. Er rief sich selbst zur Ordnung, indem er an Odysseus und die Sirenen dachte. Laut sagte er:

„Wo ist Jules geblieben. Habt ihr ihn gelangweilt?"

Marie antwortete: „Er schaut im Fernsehen einen Film an. Vorher hat er dein Auto besichtigt und fragt, ob du morgen mit ihm eine kleine Ausfahrt machst".

Karl antwortete: „Klar, mache ich gerne. Wir sind morgen noch bei Albert, ich denke, dass ich am frühen Abend Zeit habe. Ich rufe wegen der genauen Uhrzeit noch an".

„Es kommt auf die Zeit nicht an, wir sind ja ohnehin hier", antwortete Marie, „du bist dann gerne zum Abendessen eingeladen".

Bei Albert und Cecile wurden sie mit Kaffee und kleinen *Tartines* bewirtet. Sie saßen auf einer überdachten Veranda, die an ein Wohnzimmer mit großen Schiebetüren anschloss. Das Besondere war, dass das Erdgeschoß als Garage mit Nebenräumen diente und der Wohnbereich im ersten Geschoß begann. Dadurch hatte man von der Veranda einen weiten Blick über die anderen Häuser ins Dorf hinein. Auf der Veranda standen hübsch bepflanzte Blumenkübel, sodass man sich wie im Grünen fühlte. Cecile erklärte Karl:

„Wir haben an dem Haus wenig verändert, der Voreigentümer hatte alles restauriert und uns gefiel die Aufteilung so wie sie war. Da wir keine Kinder haben, ist unser Platzbedarf bescheiden. Albert hat unter dem Dach noch ein kleines Arbeitszimmer, da er gegen meinen ausdrücklichen Willen gelegentlich Akten mitbringt, an denen er hier arbeitet. Ich male gerne und stelle meine Staffelei dann ins Wohnzimmer. Wenn Albert seine Akten geschlossen hat und ins Wohnzimmer kommt, stört ihn der Geruch meiner Ölfarben. Ich sage ihm dann, das sei der Preis dafür, dass er mich vernachlässigt". Dabei lachte sie und fuhr fort: „Er macht sich daraufhin eine große Zigarre an und ich reiße die Fenster auf. Bis zum Abendessen sind Luft und Atmosphäre dann wieder neutralisiert". Albert fügte hinzu:

„Eigentlich suchten wir ein Domizil in der Nähe von *Fontainebleau*. Als wir dieses Haus besichtigten, kamen uns zunächst Zweifel, ob man sich in diesem Dörfchen ohne Infrastruktur wohl fühlen könne. Da uns das Haus aber gut gefiel, sind wir das Risiko eingegangen. Heute sind wir froh, uns dafür entschieden zu haben, weil das Zusammenleben mit den anderen Leuten aus Paris hier so herrlich zwanglos ist. Der absolute

Kontrast zu unserem Leben in Paris ist eine Erholung. Es kommt auch selten vor, dass ich Arbeit aus der Kanzlei mit nach hier bringe, Cecile neigt zu Übertreibungen. Meistens ist es so, dass ich in mein Arbeitszimmerchen vertrieben werde, weil Cecile malen will und meine Anwesenheit ihrer Kreativität Abbruch tut. Dann bin ich froh, mich mit einer Akte beschäftigen zu können". Dabei blickte er lächelnd zu seiner Frau.

Es war amüsant, die beiden in neckischer Weise diskutieren zu hören. Karl gewann den Eindruck, dass sie entweder noch nicht sehr lange verheiratet waren oder es verstanden hatten, die Innigkeit ihrer Beziehung zu bewahren. Er schätzte das Alter von Albert auf knapp Fünfzig, Cecile mochte zehn Jahre jünger sein. Sie sahen beide gut aus, Albert war groß und wirkte sportlich, sein Alter machte sich nur an gelichtetem Haar und etwas Bauchansatz bemerkbar; Cecile war ebenfalls groß, blond und auffallend schlank. Ohne ihre akzentuierte Oberweite hätte sie fast asketisch gewirkt. Ihr Makeup war kräftig, aber sehr sorgfältig aufgetragen. Karl schwankte, ob er in ihr eine nordische Göttin oder eine Romanfigur von Inga Lindström sehen sollte. Sie hatte jedenfalls eine starke und sympathische Ausstrahlung.

„Wir waren vorgestern Abend in unserem Gespräch durch Marie unterbrochen worden", sagte Albert zu Karl, „ich sah auch keine Chance, deine Aufmerksamkeit wieder auf mich zu lenken", fügte er mit ironischem Lächeln hinzu. „Du arbeitest viel im Vertragsrecht, habe ich verstanden. Meine hauptsächliche Tätigkeit liegt im *droit du travail*, dem Arbeitsrecht, und zwar dem kollektiven Arbeitsrecht. Da dürften die Unterschiede zum deutschen Recht erheblich sein, vor allem was die Stellung der Gewerkschaften angeht. Ich streite überwiegend auf der Arbeitgeberseite und beneide die Deutschen um ihr restriktives Streikrecht. Bei uns reicht ein politischer Anlass, um die Arbeit niederlegen zu dürfen. Das kommt daher, dass der Streik bei uns ein individuelles Menschenrecht ist".

„Ja, nach deutschem Arbeitsrecht kann nur unter bestimmten Bedingungen und im Rahmen eines Tarifstreits gestreikt werden, also für die Verbesserung von Arbeitsbedingungen und nicht für politische Ziele", antwortete Karl, „dafür erhält man bei uns für den Arbeitsausfall einen Lohnausgleich. Das gibt es bei euch meines Wissens nicht".

„Die Rechtsentwicklung hat schon sehr unterschiedliche Wege in Europa genommen. Die zaghaften Versuche der EU, durch Richtlinien eine Vereinheitlichung zu erreichen, ändern im juristischen Alltag fast nichts", sagte Albert.

Karl erwiderte: „Hätten wir beide Anfang des neunzehnten Jahrhunderts hier gesessen, hätten wir uns über ein einheitliches Recht bequem austauschen können. Der napoleonische *code civil* galt schon 1804 auf dem linken Rheinufer, später von der Nordsee bis zum Mittelmeer und vom Atlantik bis Polen. Dieses Gesetzbuch muss so gut gewesen sein, dass viele von Napoleon unterworfene Länder auch nach seiner Vertreibung daran festhalten wollten. Da gab es unter zeitgenössischen Rechtswissenschaftlern im Gebiet des heutigen Deutschland erbitterten Streit, ob man nicht aus Nationalstolz in der Tradition des römisch-rechtlichen *corpus iuris* ein eigenes Recht schaffen müsse oder den für gut befundenen *code civil* der Franzosen beibehalten sollte. Es gibt bei uns noch Relikte aus Napoleons Zeiten bei der Zulassung von Notaren. In den von Napoleon besetzten Gebieten darf ein Notar nicht gleichzeitig Rechtsanwalt sein. Ich bin deshalb nur Rechtsanwalt, also gewissermaßen ein spätes Opfer französischer Eroberungslust.

Albert lachte: „Darf ich dich mit einem kleinen Cognac entschädigen?"

Sie fachsimpelten noch ein wenig über EU-Recht und lästerten über die Unzulänglichkeit der Institutionen, dann hakten sie sich wieder in die Gespräche der übrigen Anwesenden ein. Nach reichlich zwei Stunden verabschiedeten sich alle und Albert sagte, er freue sich auf ein Wiedersehen, irgendwann.

Es wurde halb sieben, als Karl bei Marie eintraf. Christian hatte ihn mit einem Augenzwinkern verabschiedet und an seinen Alptraum erinnert. Karl parkte sein Auto hinter dem Haus neben dem alten Land-Rover und betätigte die große Hausglocke am Hoftor. Jules öffnete und begrüßte ihn mit einem freundlichen Hallo.

„*Maman* ist kurz zum Einkaufen nach *Puiseaux* gefahren, ihr fehlte noch etwas zum Abendessen. Und Opa ruht sich noch aus. Wenn du einverstanden bist, können wir eine kleine Tour mit deiner *Corvette* machen. Komm´ herein, Ich hole nur schnell eine Jacke, wir fahren doch offen?"

Vom Hof betrat man das Haus durch die Küche, wo Karl wartete, während Jules seine Jacke holte. Die Küche war im ländlichen Stil mit dunklem Holz eingerichtet. Zur Hofseite hin, im linken Teil des großen Raumes, befand sich die Kochzeile mit modernen Geräten und einer Arbeitsinsel, die als Abgrenzung zu einer Sofaecke diente. Rechts davon stand ein großer Esstisch aus schwerem dunklem Holz, an dem wohl zehn Leute Platz finden konnten. Die gesamte Einrichtung verströmte soliden ländlichen Charme, wozu der Umstand beitrug, dass durch die kleinen Fenster nur wenig Licht in den Raum fiel. Karl kannte diese Art Wohnküche von der Familie seines Vaters, die Tabakbauern im Kehler Land gewesen waren. Er hatte sich dort immer sehr wohl gefühlt, auch wenn die Ausstattung nicht mit derjenigen in Maries Haus konkurrieren konnte. Man lebte dort in der Wohnküche, die „gute Stube" wurde nur an Sonntagen benutzt, wenn nach dem Kirchgang gemeinsam Kaffee mit Obstler getrunken wurde. Und weil die Stube während der Woche nicht beheizt und gelüftet wurde, hatte es dort durchgängig muffig gerochen. Karl war immer froh gewesen, wenn er Dispens bekam und sich zu dem großen Hund vor dessen Hütte setzen durfte.

Inzwischen war Jules mit seiner Jacke da und sie gingen zum Auto. Karl manövrierte sich behutsam durch die engen Gassen des Dorfes und fuhr auf die Landstraße in Richtung *Puiseaux*. Jules hatte sich auf dem Beifahrersitz gemütlich eingerichtet und ließ sich vom Fahrtwind umwehen.

„In Genf habe ich einen Mini-Cooper, der ist gut für Fahrten in der Stadt oder ins Gebirge. Nach Paris nehme ich immer den Zug. Ich kann dort den Audi von Maman benutzen, wenn ich ein Auto brauche. Mein Traum ist seit langem ein Porsche. Dazu brauche ich aber noch zwei Gehaltserhöhungen, dann bin ich soweit. In einer *Corvette* bin ich noch nie gefahren, deshalb begrüße ich die Gelegenheit, das jetzt einmal kennen zu lernen".

„Ich habe im Laufe meines Berufslebens acht Porsche gehabt", erwiderte Karl, „einen habe ich behalten, einen 928 S4, der jetzt in der Garage steht und in einigen Jahren Oldtimer-Status erreicht. Meinen ersten Porsche kaufte ich als junger Anwalt auf Kredit. Dafür sparte ich an den Gardinen in meiner ein-ein-halb-Zimmer-Wohnung. Das sind schon gute Autos, aber die *Corvette* kann alles besser. Früher waren das echte Amerikaner, die bei mehr als 70 Meilen zum fahrtechnischen Risiko wurden. Mit dem jetzigen Modell haben die Amerikaner einen richtigen Sportwagen gebaut, an dem so lange optimiert wurde, bis sie gute Rundenzeiten auf dem Nürburgring erreichten. Als wohltuenden Unterschied zum Porsche empfinde ich das Gefühl der überlegenen Gelassenheit. Das macht wohl der Motor mit seinem gewaltigen Hubraum. Im Porsche *Carrera* glaubte ich, ständig am Limit fahren zu müssen, so als ob man Testfahrer wäre. Man wurde auch oft zum Angriffsziel von Sportlimousinen, die einem zeigen wollten, dass sie mithalten können. Man muss sehr charakterfest oder alt sein, um diesem Irrsinn zu widerstehen. Bei mir wurde es das Alter…"

Jules lachte. „Ich werde versuchen, mir das zu Herzen zu nehmen, wenn ich meinen Porsche habe".

Auf der Landstraße musste Karl dann das Beschleunigungsvermögen vorführen, den Klappenauspuff für den Proletensound öffnen und die Straßenlage in einer schnell gefahrenen Kurve demonstrieren. Er zeigte Jules dann auch noch die elektronische Anzeige für die seitliche Fliehkraft und hielt dann an einer Parkbucht an.

„Möchtest du mal fahren?“

Natürlich wollte Jules. Sie wechselten die Plätze, Jules stellte sich den Sitz und die Außenspiegel ein und startete. Er fuhr zunächst sehr behutsam, um sich mit dem Fahrverhalten und den Sichtverhältnissen vertraut zu machen. Das gefiel Karl und er erkannte daran, dass Jules verantwortungsbewusst war. Nach einigen Kilometern forderte er Jules auf, zügiger zu fahren.

„Nein, lass mal, ich genieße das auch so. Ich muss nicht rasen, mir ist es wichtiger, das Fahrgefühl zu spüren. Du hast recht damit, dass dieses Auto schon beim entspannten Cruisen Spaß macht. Man muss sich nur daran gewöhnen, dass nach rückwärts nicht viel zu sehen ist“.

„Die Rückfahrkamera lässt sich auch während der Vorwärtsfahrt aktivieren, dann beobachtet man seine Verfolger“, sagte Karl und schaltete die Kamera ein.

Jules lachte amüsiert und erhöhte das Tempo ein wenig. Als sie sich einem langsamer fahrenden Fahrzeug näherten, setzte Jules zum Überholen an und gab kräftig Gas. Dabei unterschätzte er das Ansprechverhalten des Motors. Die Hinterräder drehten durch und der Wagen kam leicht ins Schlingern. Erschreckt bremste Jules stark und der Wagen stabilisierte sich wieder. Jules brach den Überholvorgang ab und blieb nun artig hinter dem Vordermann. Er war blass geworden, entschuldigte sich und hielt an einer Bushaltestelle an. „Übernimm du besser wieder das Steuer, ich bin wohl noch zu sehr Mini-Fahrer“.

Karl war zunächst auch erschrocken, aber die schnelle Reaktion von Jules hatte ihn versöhnt. Er sagte:

„Das passiert jedem am Anfang. Du hättest auf freier Strecke mal spontan Gas geben müssen, um die Reaktion des Fahrzeugs zu testen. Du hast aber gut und schnell reagiert, das ist das Wichtigste“.

Als sie zurückkamen, hatte Marie schon einen Apéritif vorbereitet. Sie fragte Jules, wie die Fahrt war und ob seine Neugierde nun gestillt sei. Jules schwärmte von den Vorzügen eines richtigen Sportwagens. Er berichtete, dass er eine Probefahrt machen durfte und dass sein nächstes Investitionsziel unabweisbar ein Sportwagen werde. Den kleinen Patzer

verschwiegen Jules und Karl. Sie plauderten eine Weile über das Leben
in Genf und die Vorzüge der Nähe zu den Alpen. Jules erzählte, dass er
im Winter die Wochenenden gerne zum Skilaufen in Chamonix
verbringe, vor allem seitdem seine Mutter dort in *Le Roc* ein Chalet
besitze. Karl ergänzte:

„Ich war früher des Öfteren mit meinen Töchtern in den *Portes du Soleil*
zum Skilaufen. Das liegt etwa eine Autostunde hinter Montreux, an der
anderen Seite des Genfer Sees. Meine Firma hatte dort ein Chalet
ganzjährig angemietet. Man startet mit dem Lift in der Schweiz und
kann sich über die französische Grenze nach *Avoriaz* durchhangeln. Da
habe ich erstmals eine Retortenstadt mitten im Skigebiet kennen gelernt.
Das ist schon besonders, man kann morgens vom Balkon auf die Piste
springen, und zum Shoppen braucht man die Ski nicht einmal
auszuziehen".

„Als Alpinist sehe ich das kritisch", sagte Marie, „die Bergwelt wird
hierdurch nachhaltig zerstört. Wenn du dir die Skipisten im Sommer
ansehen würdest, wärst du entsetzt. Da wächst fast nichts mehr. Diese
Retortenstädte sind eine typisch französische Untat. Der Alpinisten-
Verband, dem ich angehöre, läuft seit Jahren Sturm gegen diese
zivilisatorischen Missbildungen".

Marie trug das Abendessen auf. Es gab eine französische Fischsuppe
und anschließend eine Käseauswahl. Dazu reichlich Weißwein und
Baguette. Sie aßen zu Dritt, Maries Vater fühlte sich nicht wohl und war
auf seinem Zimmer geblieben. Nach dem Essen entschuldigte sich Jules,
da er ein Fußballspiel im Fernsehen ansehen wollte. Marie bot Karl an,
ihm das Haus zu zeigen. Das nahm er gerne an. Er war durch die
Erzählungen von Anne neugierig geworden, wie das ehemalige
Bauernhaus sich verwandelt hatte.

Von der Wohnküche kam man in ein kleines Wohnzimmer, das im
ursprünglichen Stil eingerichtet war. Schwere Polstermöbel mit
dunkelrot gemusterten Bezügen waren von hohen Schränken aus
dunklem Holz umgeben. Zwischen den Sesseln standen kleine
Abstelltische. Alles wirkte wie aus dem vorigen Jahrhundert, gediegen
und etwas museal. Von dem Wohnzimmer führte seitlich eine Tür zu
einem Schlafgemach mit Dusche und Sanitär. Marie erklärte, dass dies
das Refugium ihres Vaters sei. Sie gingen weiter geradeaus durch eine
Tür, die massiv, aber neu aussah. Marie erklärte:

„Hier ist es mit der bäuerlichen Historie zu Ende. Wir kommen jetzt in
den Gebäudeteil, der früher eine Scheune war und den ich zu

Wohnzwecken ausgebaut habe. Das Einholen der erforderlichen Genehmigung hat dabei länger gedauert als das Umbauen selbst".

Der Unterschied war tatsächlich frappierend. Man stieg über die Türschwelle in das nächste Jahrhundert. Der Gang führte an einer lichtdurchfluteten Wellness-Landschaft mit Jakuzzi und Liegestühlen vorbei. Die Bodenfläche war weiß gefliest und im Hintergrund sah man eine Sauna mit Tauchbecken und Dusche. Der Raum schloss mit einer Glaswand ab, durch die man in den hinteren Grundstücksbereich blickte. In den bäuerlichen Räumen hatte man sich an die relative Dunkelheit gewöhnt, jetzt war man versucht, eine Sonnenbrille auf zu setzen.

„Ich benutze diesen Bereich selten, aber Jules liebt es, nach seinen Radtouren hier zu relaxen", sagte Marie.

Sie schritten erneut durch eine Tür, an die sich eine Treppe anschloss. Marie sagte:

„Hier beginnt mein eigener Bereich. Unter der Treppe geht es geradeaus noch in eine kleine Gästewohnung, die belegt mein Sohn, wenn er hier ist".

Am oberen Ende der Treppe sah man rechts eine Terrassentür und geradeaus kam man in einen modern möblierten Living-Room, der in der Höhe bis unter das Dach reichte. An Stelle von Plüschmöbeln fanden sich hier eine *Corbusier*-Liege, ein flaches Sofa und zwei Designer-Hocker. Es gab keinen großen Tisch, nur ein Sideboard und einige kleine Ablagen. An den Wänden hingen gerahmte Fotografien aus der Bergwelt. Der Raum wirkte nicht groß, was ihm ein gemütliches Flair verlieh. Am hinteren Ende sah Karl eine weitere Treppe, die über etwa zehn Stufen auf ein Plateau führte, das als Zwischendecke in den Raum ragte.

„Hier steht mein Bett", sagte Marie, „komm ich zeige es dir". Karl stieg die Stufen hinauf und wunderte sich, dass die frei nach oben führende Treppe keinerlei Handlauf hatte. Seine Verwunderung stieg noch mehr, als er oben stand und sah, dass an der linken Seite des Bettes auf einen Meter Abstand ein Abgrund gähnte. Die Plattform war nach unten durch kein Gitter oder Geländer abgeschlossen. Karl war nie schwindelfrei gewesen und trotz der nur zimmerdeckenhohen Fallhöhe vermied er es, sich ganz an den Rand zu stellen. Er versuchte, seine Beklemmung witzelnd zu überspielen und bemerkte:

„Das ist sehr praktisch. Wenn ein Liebhaber nichts taugt, lässt du ihn einfach abstürzen".

„Für Jungs aus den Bergen ist das keine Drohung. Bei den Bergtouren kommt es vor, dass man sein Zelt an der Wand hängend aufschlagen muss. Trotzdem schläft man gut“, antwortete Marie.

Karl sehnte sich nach der Nordsee…

Sie waren wieder in die Küche zurückgekehrt, wo ihre Weingläser noch standen. Karl äußerte sich in höchsten Tönen anerkennend über das Haus. Und es war tatsächlich auch von ganz besonderer Art. Ihm gefiel die Kombination von traditionellem bäuerlichem Stil in einem Teil des Hauses mit dem modernen Wohnen in dem anderen Teil. Er fragte:

„Wie wohnst du in Paris? Dort hast du eine normale Wohnung?“

„Nicht ganz. Meine Wohnung dort liegt in einem guten Viertel und hat allein einen Salon von knapp hundert Quadratmetern. Die Einrichtung erinnert an Louis XV mit Kronleuchter und entsprechendem Mobiliar. Das ist eigentlich gar nicht mein Geschmack, hat aber einen geschäftlichen Hintergrund. Ein Teil meiner hochgestellten Klientel kommt aus dem Ausland und erwartet bei Besprechungen in Paris, dass sie nicht im Büro empfangen werden, sondern dass man mit einer persönlichen Note aufwartet. Der Pomp, den ich mir zu Zwecken der Repräsentation damit einschließlich einer angestellten Haushaltshilfe leiste, ist steuerlich abzugsfähig. Für das normale Leben habe ich hier meinen Rückzugsort“.

„Wenn du offiziellen Besuch empfängst, musst du dann der Umgebung angepasst Kleidung wie Madame Pompadour tragen?“, fragte Karl scherzhaft.

„Du machst dich lustig“, antwortete Marie mit vorwurfsvollem Unterton, „mein Business besteht nun einmal zum großen Teil aus Repräsentation. Ich habe als Klienten zum Beispiel eine brasilianische Firma. Deren CEO kommt zwei Mal im Jahr nach Paris, um seine Importlizenzen zu verhandeln. Ich betreue seine Kontakte im Ministerium. Wenn er hier ist, will er nicht nur die Sachfragen behandeln, sondern ein kleines kulturelles Programm genießen. Das regelt mein Büro für ihn. Er könnte das natürlich auch in seinem Hotel nachfragen, aber das wäre ihm zu unpersönlich. Daneben arrangiere ich für ihn dann auch Treffen mit Ministerialen außerhalb der Dienstzeiten. So etwas findet dann aus Gründen größter Diskretion in meiner Wohnung statt und dazu brauche ich diese Ausstattung“.

Versöhnlich fügte sie hinzu:

„Du bist aber nicht der Einzige, der sich über diesen Pomp vergangener Zeiten amüsiert. Ich hatte eine Beziehung mit einem lebenslustigen Typen aus der Modebranche, der sich einmal, als er mich besuchen kam, Kleider aus der Zeit des *ancien régime* angelegt hatte. Die Nachbarn müssen geglaubt haben, Louis quatorze sei auferstanden, um mich zu besuchen. Ich habe mich zu Tode geschämt".

Bei den letzten Worten war Marie aufgestanden, um eine neue Flasche Wein zu holen. Sie gab Karl die Flasche mit dem Öffner und setzte sich neben ihn auf die Sitzbank. Sie sah ihn an und sagte:

„Erzähle etwas von dir. Christian sagte mir, dass du verheiratet bist, aber bei deinem letzten Besuch hier in Begleitung einer anderen sehr netten Frau warst".

Karl antwortete: „Ich habe aus früherer Ehe zwei Töchter, da war von Anfang an ein Spannungsfeld zu meiner jetzigen Frau vorgegeben. Das ist wahrscheinlich Standard, weil Kinder nun einmal an beiden Elternteilen hängen und sich damit schwertun, parallel ein Stiefelternteil zu akzeptieren. Wir hatten es mit einem gemeinsamen Skiurlaub versucht, das war auch im Wesentlichen harmonisch, aber ein familiärer Neubeginn ist es nicht geworden. Ich habe das Gefühl, die Situation für mich selbst nur beherrschbar zu halten, wenn ich mich emotional teile, will sagen, entweder bin ich bei meinen Töchtern, oder aber ich bin bei meiner Frau, und das jeweils so, als gäbe es die andere Seite gar nicht. Das ist wahrscheinlich der Patchwork-Familien-Standard. Auf Entspannung kann man nur in dem Maße hoffen wie die Kinder erwachsener werden. Wie kommst du damit zurecht?"

„Ich habe nicht wieder geheiratet. Das halte ich auch für richtig, weil man die von dir beschriebenen Probleme umgeht".

„Ok, aber man lebt dann in Affairen ohne Perspektive und bleibt am Ende allein. Wobei meine Ehe ab dem berüchtigten siebten Jahr auch in schwieriges Fahrwasser gekommen ist, mit der allerdings erfreulichen Folge, dass der Konflikt zwischen neuem Ehepartner und Kindern an Bedeutung verliert. Ich lebe aber mit meiner Frau weiterhin unter einem Dach, auch wenn wir unsere Bereiche etwas aufgeteilt haben. Das Haus ist groß genug, um sich im Bedarfsfall aus dem Weg gehen zu können".

„Dann befindest du dich in einer Art Ehepause", konstatierte Marie.

„Das könnte man so sehen. Ich lebe jetzt in gewisser Weise auf drei unabhängigen Ebenen: eine Ebene findet mit meinen Kindern statt, die mich nur besuchen, wenn meine Frau nicht zu Hause ist. Die zweite Ebene besteht aus meinem Leben zu Hause, wo ich mich überwiegend alleine mit meinen beiden Hunden aufhalte. Meine Frau sehe ich fast nur sporadisch, sie arbeitet auch noch engagiert und erfolgreich als Geschäftsführerin eines kommunalen Unternehmens mit dreihundert Mitarbeitern. Wir helfen uns wo nötig und tauschen im Bedarfsfall Lebensmittel, gehen also durchaus freundlich miteinander um. Es gibt eben doch noch ein Band, das den völligen Zerfall aufhält; vielleicht geschnürt von der Erwartung, dass eine Zeit der Erneuerung kommen kann. Auf der dritten Ebene bewege ich mich derzeit mit einer Freundin in deren Bekanntenkreis oder fahre mit ihr und den Hunden zur Nordsee".

„Wie viele Ebenen kann man in seinem Leben denn einrichten, ohne dass man stolpert?", fragte Marie bedeutungsvoll und rückte näher an Karl heran.

„Bis zu vier, würde ich sagen", erwiderte Karl situationsgerecht, nahm Maries Hand und küsste sie sanft auf die Wange, „eine Grenze setzt einem nur das Zeitmanagement".

Marie nahm Karls Kopf zwischen die Hände und küsste ihn auf den Mund. Sie hatte die Lippen leicht geöffnet und Karl spürte wie ihre ihre Zunge über seine Oberlippe strich. Er erwiderte ihren Kuss, zunächst etwas zögernd, dann mit zunehmender Leidenschaft. Marie legte eine Hand um seine Hüfte und drückte sich fest an ihn. Karl ließ seine Hand mit streichelnden Bewegungen über Maries Rücken abwärts gleiten. Als sie mit einer Hand an der Innenseite seiner Schenkel entlang strich, spannten sich seine Bauchmuskeln und er hielt den Atem kurz an. Würde sie…? Aber Marie beendete das romantische Intermezzo brüsk, indem sie auf seinen Oberschenkel klopfte und sich wieder gerade setzte.

„Wir sind keine Teenager mehr", stellte sie sachlich fest, „hilf mir noch ein wenig in der Küche beim Aufräumen. Dann musst du gehen, Anne und Christian werden dich schon erwarten".

„Und vor dem Schlafengehen muss ich noch eine kalte Dusche nehmen", erwiderte Karl lachend, „beim Einschlafen werde ich dann Schäfchen zählen, damit der Abend nicht in meinen Träumen seine Fortsetzung findet".

Jetzt lachte Marie auch und sagte: „Männer werden leicht besitzergreifend. Wenn man sie anlächelt, wollen sie gleich ins Bett hüpfen".

„Ja, das war ein intensives Lächeln, das du mir geschenkt hast", bemerkte Karl ironisch.

„Das Leben ist manchmal wie eine Fernsehserie. Wenn einem die erste Episode gefallen hat, freut man sich auf die nächste", erklärte Marie sibyllinisch, „schau doch mal, ob du dich morgen frei machen kannst. Ich würde gerne mit dir zu Freunden hier in der Nähe fahren. Denen habe ich einen Besuch versprochen. Das dauert nicht lange und wir könnten anschließend in Fontainebleau einen Spaziergang machen".

Dann verabschiedeten sie sich und Karl machte sich auf den Weg zu Anne und Christian. Sein Auto ließ er bei Marie stehen, da er doch Einiges getrunken hatte. Auf dem Heimweg dachte er über Maries Bemerkung zu besitzergreifenden Männern nach. Traf das auch auf ihn zu? Heute Abend sicherlich nicht, dachte er, aber früher? Nach seiner Selbsteinschätzung zählte er eher zu den zurückhaltenden Typen; nicht gerade verklemmt, aber nie fordernd. Wenn er den Eindruck gewann, dass eine Frau nicht das wollte, was ihm gerade vorschwebte, neigte er dazu, sich schmollend zurückzuziehen. Er nahm weibliche Zuwendung, wenn sie ihm zu Teil wurde, als Geschenk. Anspruch auf Geschenke hat man nicht. Sie sind deshalb auch nicht verpflichtend und man muss erhaltene Zärtlichkeiten nicht in gleicher Münze zurückgeben. Karl wusste, dass er ein lausiger Liebhaber war, vielleicht wegen dieser Einstellung. Das hatte ihm jedenfalls in seiner Zeit als Assistent an der Uni einmal eine junge Kommilitonin zu verstehen gegeben. Er hatte sie kennengelernt, als er einen Ergänzungskurs für Studienanfänger im Zivilrecht abhielt. Sie war im ersten Semester und ein Assistent galt als ein Halbgott. Karl musste sich nicht um ihre Gunst bemühen, sie wurde ihm wie ein Geschenk zuteil. Die Beziehung hatte mit großer Leidenschaft begonnen. Sie zogen zusammen und betrieben die Liebe mit Hingabe. Irgendwann äußerte sie Wünsche, auf die Karl bestenfalls sehr verhalten einging. Dabei war es nicht so, dass er ihre Wünsche aus ästhetischen Gründen abgelehnt hätte, es interessierte ihn einfach nicht besonders, ob sie beim Liebesspiel ihre Erfüllung fand. Und irgendwann kam das Ende der Beziehung, als sie ihm sagte, er sei zwar ein toller Typ, aber im Bett nur als Vorleger zu gebrauchen. Das war typisch für sie, bildhübsch und geradlinig. Er hatte sie zärtlich Billy genannt. Trotz des für ihn unrühmlichen Finales dachte Karl noch lange Jahre mit leiser Sehnsucht an sie zurück. Er hatte aber nie darüber nachgedacht, sein Verhalten in Fragen der Erotik zu ändern. Diese Gedanken kamen ihm jetzt. „Zu spät", sagte er sich, „wenn in deinem Alter die Libido allmählich nachlässt, wird aus der Liebe ohnehin kein Kampfsport mehr".

Anne war schon zu Bett gegangen, aber Christian saß noch vor dem Kamin und hörte Musik. Klassische Gitarrenmusik war seine Leidenschaft. Karl hatte ja in seiner Jugend Banjo gespielt, allerdings nur im Pfadfinder-Maßstab, am Strand oder bei Weinfesten, wenn nach einigem Alkoholgenuss die Muse erwachte. Zu klassischer Musik hatte er erst Zugang gefunden, als in späteren Jahren eine Opern-Liebhaberin seinen Weg kreuzte. Daraus war eine kurzzeitige Beziehung geworden, die Karl zwar die Welt der Oper erschlossen hatte, ihm aber gleichzeitig gezeigt hatte, dass seine Bindungsfähigkeit schwach ausgeprägt war. Ihr Name war Veronika und sie hätte Besseres verdient gehabt. Karl lebte zu der Zeit als sie sich kennenlernten, alleine in dem großen Haus, nachdem seine Frau samt Kindern ausgezogen war. Er fühlte sich elend und einsam. Eines Abends war er mit einem Freund ausgegangen, der sich mit einer jungen Dame und ihrer Freundin verabredet hatte. Karl war geradewegs auf die Gelegenheit geflogen und hatte bei Veronika Anklang gefunden. Sie arbeitete als Chefassistentin im Ruhrgebiet und sie trafen sich an den Wochenenden. Man besuchte Opern und Konzerte, ging zum Essen und liebte sich. Sie konnte auch mit seinem damaligen Hund, einem Rottweiler, gut umgehen. Nach einem knappen halben Jahr fühlte Karl sich von der Routine eingeholt und ausgelaugt. Als Veronika ihre Sachen bei Karl abgeholt hatte, fühlte er sich befreit und lief fast fröhlich durch sein viel zu großes Haus.

Christian begrüßte ihn mit einem fröhlichen *„Hallo les amoureux".* Karl lenkte ab, indem er sich lobend über Maries Haus ausließ und von ihrer Kochkunst schwärmte. Er erwähnte, dass Marie ihn gebeten habe, morgen nochmal vorbei zu kommen, um jemanden zu besuchen.

„Ja, das ist gut", antwortete Christian, „dann kann ich morgen einen Freund in Paris besuchen, das steht schon seit einiger Zeit auf meinem Plan.

Als sie sich eine gute Nacht wünschten, schaute Christian über die Schulter zu Karl und sagte fast feierlich: „Sag´ später nicht, ich hätte dich nicht gewarnt".

Karl traf gegen Mittag bei Marie ein.

„Ich habe ein paar Schnittchen an Stelle des Mittagessens vorbereitet. Dann fahren wir nicht ganz hungrig los. Mein Vorschlag ist: wir fahren zuerst nach Fontainebleau. Anschließend können wir entscheiden, ob wir den Besuch bei meinen Freunden noch anhängen. Ich habe dort schon Bescheid gesagt, dass sie nichts vorbereiten sollen, weil es nicht sicher ist, dass wir heute noch vorbeikommen".

Die Fahrt nach Fontainebleau führte über Land und dauerte eine dreiviertel Stunde. Marie trug wieder ihr sportliches Outfit, das Karl vom ersten Abend schon kannte. Daraus schloss er, dass eine Besichtigung des Schlosses nicht auf dem Programm stand, sondern eher eine ausgedehnte Wanderung durch die Umgebung. Das kam ihm entgegen. Sie plauderten anfangs über dieses und jenes, bis Marie sagte:

„Wenn du in der Entsorgungswirtschaft tätig warst, kannst du mir sicherlich etwas über die Abfalltrennung in Deutschland erzählen. Ich habe einen Kunden, der bei der Stadtverwaltung von Paris vorstellig werden will, um die Entsorgung von Papier und Plastik getrennt vom übrigen Hausmüll zu forcieren. Sie sprechen davon, Stoffkreisläufe zu schließen. Ich habe noch nicht vollständig begriffen, wie das gehen soll. Aber es ist wohl ein großes Umweltthema. Deutschland soll auf dem Gebiet Vorreiter sein".

„Dann heißt dein Kunde wohl *Sita* oder *Lyonnaise des eaux*", bemerkte Karl.

Marie blickte ihn fast erschrocken an. „Das ist eigentlich noch top secret, wie kannst du das wissen?"

Karl lächelte und sagte: „Die Entsorgungsbranche ist sehr überschaubar. Es gibt einen Verband auf europäischer Ebene, bei dem man sich einmal im Jahr trifft. Dann wird sehr intensiv darüber gesprochen, wer wo was plant. Das war in früheren Zeiten mehr freundschaftliche Neugierde, seitdem aber französische Multis, vor allem *Sita,* in Deutschland tätig sind, geht es auch um Wettbewerb".

„Und was macht Deutschland anders als Frankreich?", fragte Marie.

„In Deutschland wurde anfangs der neunziger Jahre das sogenannte Duale System eingeführt. Man hatte festgestellt, dass in zunehmendem Maße der Hausmüll aus wiederverwertbaren Verpackungen besteht und durch Verordnung festgelegt, dass diejenigen, die ihre Waren in Verpackungen unter das Volk bringen, diese Verpackungen getrennt vom Hausmüll zurückführen müssen. Dies wurde über das Duale System organisiert, das in den ersten zehn Jahren eine Alleinstellung hatte. Ökologisch war das ein guter Anfang, ökonomisch ein Betrug im volkswirtschaftlichen Maßstab", erläuterte Karl.

„Das musst du mir erklären", sagte Marie.

„Nun, etwas vereinfacht: der Handel wurde verpflichtet, einen Betrag von insgesamt etwa vier Milliarden Mark aufzubringen, indem er jede verpackte Ware im Regal um einige Pfennige verteuerte. Dieses Geld holten sich die Unternehmen der Entsorgungswirtschaft bei dem Dualen System ab, weil sie die Leistungen vor Ort erbrachten".

„Und wo lag der Betrug?", unterbrach Marie.

„Die Entsorgungsunternehmen schrieben Rechnungen für Leistungen, die sie nicht erbrachten".

„Das fällt doch auf", meinte Marie.

„Das ist auch aufgefallen", erwiderte Karl, „aber nur die Spitze des Eisbergs kam ans Licht. Mein früherer Vorstandschef war einer der Erfindungsreichsten. Ein Beispiel: Wir hatten eine Sortieranlage, in der Altpapier aus dem Hausmüll zurückgewonnen wurde. Dieses Altpapier war verschmutzt und für nichts zu gebrauchen. Für die Abrechnung beim Dualen System benötigte man die Bestätigung einer Papierfabrik, dass sie das Altpapier übernommen hat. Da keine Papierfabrik unser verschmutztes Altpapier akzeptiert hätte, kauften wir eine Papierfabrik. Die nahm dann unser Müllpapier und bestätigte die Wiederverwertung. Um die Papierfabrik nicht im Müllpapier ersticken zu lassen, haben wir die Reste wieder mitgenommen und auf unserer benachbarten Hausmülldeponie abgelagert. Die internen Kosten waren auf diese Art überschaubar und wir konnten die üppigen Recyclingvergütungen beim Dualen System abrechnen. Beim Altglas wurde ein anderer Weg gewählt. Statt Depotcontainer aufzustellen und mit hohem Logistikaufwand zu entleeren, wurde gewerbliches Altglas preiswert aufgekauft und bei der Glasaufbereitungsanlage als Sammlung aus Dualem System deklariert. Damit konnte es dort zu hohem Preis abgerechnet werden".

„Das muss doch bei der Glasaufbereitungsanlage irgendwann aufgefallen sein?", warf Marie ein.

„Diese Anlage gehörte auch zu unserem Konzern", erwiderte Karl lakonisch. „Andere Unternehmen haben in ähnlicher Weise ihren Vorteil gesucht. Es gab immerhin gewaltige Geldsummen zu verteilen".

„Das klingt wie ein Wirtschaftskrimi, da muss doch Bestechung im Spiel gewesen sein", sagte Marie.

„Das weiß ich nicht", antwortete Karl ausweichend, „es gab einmal interne Hinweise darauf, dass der damalige Geschäftsführer des Dualen Systems unserem Haus nicht ganz ohne Eigennutz sein Wohlwollen schenkte. Es wurde im Unternehmen verboten, darüber zu spekulieren".

„Mein lieber Karl, was du mir da erzählst, trübt mein Bild von den ordentlichen und gewissenhaften Deutschen stark ein. Hier erzählen sie gerne, in Deutschland habe man es geschafft, Ökologie und Ökonomie als sich ergänzendes Begriffspaar abzubilden". Karl blickte sie lächelnd an und sagte:

„Das war schon immer eine Lüge. Die Ökonomie ist der Treibstoff für die Ökologie. Nur wenn sich jemand findet, der für ökologische Extras zur Kasse gebeten werden kann, kommt die Ökologie zum Zuge. *Öko* bedeutet immer Mehrkosten. Und ebenso wenig wie Kosten und Gewinn zu einem sich ergänzenden Begriffspaar werden können, gelingt dies bei Ökologie und Ökonomie. Man macht mit Ökologie nur dann Geschäfte, wenn man jemanden findet, der genau dafür die Kosten trägt. Mein früheres Unternehmen hat das bei Abfall-Deponien vortrefflich geschafft. Wir haben etliche davon im öffentlichen Auftrag betrieben, das heißt, wir wiesen die Kosten nach und bekamen diese mit einem gesetzlich vorgesehenen Gewinnaufschlag erstattet. Ziel war also, die Kostenbasis zu erhöhen. Dafür unterhielten wir eine eigene Ingenieurgesellschaft, die im Bereich des Deponiebaus absolut führend war. Hier wurde überlegt, mit welchen baulichen Verbesserungen dem Schutz der Umwelt noch besser gedient werden konnte. Solche der Ökologie förderlichen Verbesserungen stellten wir dann der Genehmigungsbehörde vor, die ökogetrieben genau diese Maßnahmen einforderte. Das trieb die Kosten hoch und unser Gewinn stieg. Unsere öffentlichen Auftraggeber verteilten die Mehrkosten schlicht über die Gebühren auf den Bürger".

Jetzt lächelte Marie. „Ich habe im Laufe meines Berufslebens mit manchen schrägen Finanzstrukturen zu tun gehabt. Es ist mir nie in den Sinn gekommen, dass die Abfallbranche in diesem Bereich auch so spannende Facetten hat. Bei meinem nächsten Treffen mit meinem Kunden aus der Branche muss ich das mal hinterfragen. Die werden über meine Insider-Kenntnisse staunen. Besonders interessant sind die fraudulösen Gestaltungsmöglichkeiten bei eurem System getrennter Verpackungsverwertung. Da kann ich jetzt mit Vorschlägen aufwarten, wie man das besser macht. Du bist wirklich ein Gewinn für mich. Wollen wir auf dem Gebiet nicht zusammenarbeiten?"

Karl lachte. „Mein Ziel ist es, weniger statt mehr zu arbeiten. Aber trotzdem vielen Dank, ich fühle mich geehrt".

Inzwischen näherten sie sich Fontainebleau.

„Fahre in Richtung Schloss, da finden wir vor dem *Jardin de Diane* einen Parkplatz an der *Place Napoleon Bonaparte*. Wir spazieren durch einen Teil des Schlossparks und fahren dann anschließend in das Kletterparadies", schlug Marie vor, „es sei denn, du möchtest unbedingt das Innere des Schlosses besichtigen". Karl verneinte lebhaft.

Der Park war wahrhaft königlich. Karl bestaunte die prachtvollen Rasenflächen, die von Bäumen eingegrenzt waren und an einem Teich endeten, um am anderen Ufer in kleineren Flächen, die mit sorgsam in Kegelform geschnittenen Thuyas und flach gehaltenen Ziersträuchern bestanden waren, ihre Fortsetzung zu finden. Alles war in einem Zustand bester Pflege. Sie liefen an einem Rosenbeet vorbei, das mit bunten Farben das Auge erfreute. Marie sagte:

„Rosen sind meine Lieblingsblumen. Der Strauß, den du mir gestern mitgebracht hast, traf genau meinen Geschmack. Wie hattest du das wissen können?"

„Nun, ich hatte einen guten Berater", antwortete Karl.

„Ja natürlich, Christian. Aber ich war trotzdem sehr angenehm überrascht".

Als sie sich einem Seitenflügel des Schlosses näherten, stießen sie auf ein Standbild der Diana, der Göttin der Jagd. Sie stand auf einem Podest, hielt mit der linken Hand einen jungen Hirsch am Geweih fest und zog mit der rechten Hand einen Pfeil aus dem Köcher auf ihrem Rücken. Zu ihren Füßen, unterhalb des Sockels saßen vier Jagdhunde. Dabei strahlte ihre Figur eine weibliche Anmut aus, wie Karl sie nur aus Jagd- und Heimatfilmen kannte. Er blieb fast andächtig vor der Statue stehen und dachte über das Glück der griechischen Götter nach, solch eine Kollegin in den eigenen Reihen zu haben. Ob Zeus auch das Privileg des *ius primae noctis* genoß?

Er nahm Marie in den Arm und sagte: „Diese schöne junge Frau erinnert mich in ihrer sportlichen Attitüde an den Augenblick, als ich dich bei Christian zum ersten Mal sah. Sie stellt eine gelungene Komposition von Schönheit und entschlossenem Jagdtrieb dar".

„Du schmeichelst mir. Ich hoffe nicht, dass die Umgebung dieses Lustschlosses dich erotisch animiert", erwiderte Marie abweisend, wobei sie aber gleichzeitig die um ihre Hüfte gelegte Hand ergriff und sanft drückte.

„Wieso Lustschloss?", fragte Karl, „das war doch ein Jagdschloss und hier hat auch schon ein Pabst gewohnt".

„Unser *Louis XIV* residierte in Versailles und brachte hier seine Konkubinen unter. Wenn er sich in Fontainebleau aufhielt, pflegten er und sein ganzer Hofstaat neben der Jagd lustvollen Umgang miteinander. Es ist also nicht ganz abwegig, dass ein Mann mit Sinn für Geschichte in dieser von üppigem Überfluss geprägten Umgebung auf gewisse Gedanken kommt“, erklärte Marie.

„Diese gewissen Gedanken sind schon ein präsentes Thema. Es treibt mich aber nicht erst seit unserer Ankunft hier um“, gestand Karl.

Marie wechselte das Thema und sagte: „Wir sollten jetzt zurück gehen und zu den Felsen aufbrechen. Die Anfahrt ist etwas kompliziert. Es gibt mehrere Gebiete für das *Bouldern,* so nennen sie das Klettern hier. Wir nehmen den Spot *cul de chien,* da kann man neben dem Klettern auch schön wandern“.

Sie verließen Fontainebleau und fuhren durch das riesige Waldgebiet. Die Zahl der Kreisverkehre schien unendlich. Karl hatte den Eindruck, dass Marie den kürzesten Weg auch nicht kannte. Sie kamen an einem kleinen Ort *Milly la Foret* vorbei und Karl sah ein Hinweisschild auf einen Campingplatz *La Musardière.*

„Hier gibt es sogar einen Campingplatz“, bemerkte er.

„Camping wäre das Letzte, was ich mir einfallen ließe“, äußerte Marie mit vernehmbarer Verachtung.

Karl verzichtete darauf, ihr zu erklären, dass er zunächst wegen seiner kleinen Töchter, dann später wegen seiner Hunde genau dies für die ideale Form der Urlaubsgestaltung hielt. Er kannte die Einstellung, die das Camping als subkulturell betrachtete. Seine Frau sah das heute noch so und er selbst hatte diese Meinung geteilt, bis er vor fast drei Jahrzehnten einen Surf-Spot an der holländischen Nordsee entdeckt hatte, an dem Wohnanhänger und Camper tagsüber unmittelbar am Wasser stehen konnten. Dies war für seinen Surfsport ideal. Wenn man vom Wasser kam, hatte man sein häusliches Equipement unmittelbar zur Verfügung. Bis zum Sonnenuntergang konnte man gemütlich am Strand grillen. Und für Kinder und Hunde bedeutete dies die große Freiheit. Karl liebte diese Art der Freizeitgestaltung. Inzwischen hatte er den dritten Wohnwagen, der mit warmer Dusche und allem denkbaren Komfort ein vollständiges Feriendomizil ersetzte. Im Winter nutzte er diesen auf seinem Grundstück als gemütliches Gartenhaus.

Sie fanden schließlich den *Chemin des Sables du Cul de Chien.* Die Topographie war einzigartig. Der Weg führte über weite Sandflächen, an deren Rändern ein lichter Mischwald aus Eichen und Kiefern begann, und auf denen pittoreske Steingebilde zu sehen waren. Namensgebend waren zwei Gesteinsformationen, die an die Gestalt von Hundekörpern erinnerten, auf denen sich überdimensionale Köpfe befanden. Sie kamen nach etwa zwanzig Minuten Fußmarsch in das eigentliche Klettergebiet. Ein Meer von Sandsteinblöcken tauchte vor ihnen auf. Auf dem Weg waren Karl junge Leute aufgefallen, die große Matten auf den Rücken geschnallt bei sich trugen. Marie erklärte ihm:

„Es geht hier um Klettern ohne Kletterseil und Gurt in Absprunghöhe. Die Kletterer legen die mitgebrachten Matten so auf den Boden, dass sie im Notfall beim Absturz die Verletzungsgefahr mindern. Das *Bouldern* war ursprünglich als Vorbereitung für alpines Klettern gedacht, hat sich inzwischen aber zu einer eigenen Disziplin entwickelt. Es gibt acht Schwierigkeitsgrade. Ich habe das nie gemacht, weil ich die Möglichkeit zum Klettern in den Alpen vorziehe, das echte Bergsteigen. Ich komme aber gerne hierher, um zu wandern und um den Kletterern zuzuschauen. Weil die Felsen aus Sandstein sind, dürfen die Kletterer kein Kalk oder Magnesium an den Händen verwenden".

Sie liefen den Pfad entlang und blieben immer wieder stehen, um besonders wagemutige Kletterer bei ihrem Aufstieg zu bewundern. Marie erklärte Karl, welchen Griff der jeweilige Kletterer nunmehr versuchen müsste, um weiter zu kommen. Karl bewunderte die jungen Leute mit ihren drahtigen Figuren, wie sie sich in unmöglich scheinender Haltung gegen die Schwerkraft stemmten. Sie mussten Hände wie Schraubzwingen haben, um sich an den kleinsten Vorsprüngen fest halten zu können.

Nach anderthalb Stunden waren sie wieder bei ihrem Auto angelangt. Karl schlug vor, ein Restaurant in der Nähe zu suchen, aber Marie meinte, es sei zum Abendessen noch etwas früh und man könne gemütlicher bei ihr zuhause essen. Das gefiel Karl, weil er die Zeit mit Marie gerne genießen wollte, was immer der Abend noch bringen mochte.

Marie stand in der Küche und bereitete ein Pfannengericht zu, während Karl sich an dem Esstisch mit einem Journal niedergelassen hatte. Jules war am Vormittag bereits abgereist und hatte seinen Großvater mitgenommen, um ihn in Paris abzusetzen. Dazu hatte er Maries Auto mitgenommen. Das ließ er in ihrer Agentur stehen und fuhr mit der Metro zum Bahnhof, um dort den Zug nach Genf zu nehmen. Es hatte zuvor eine kleine Diskussion gegeben, weil Jules davon ausgegangen war, seine Mutter werde mit ihm nach Paris fahren und ihn zum Bahnhof bringen. Das hätte ihm den Transport seines Koffers in der Metro erspart.

„Kinder können sehr fordernd sein", sagte Marie, „ich hatte Jules auf der Fahrt nach hier bereits angedeutet, dass ich möglicherweise einige Tage länger bleibe, aber das hat er wohl verdrängt. Ich bin ihm gegenüber im Prinzip sehr nachsichtig und auch großzügig, weil er in der Auseinandersetzung mit meinem Ex-Mann auf meiner Seite stand. Das kann aber nicht bedeuten, dass er ohne Not über meine Pläne bestimmt. Er wird jetzt einige Tage schmollen, aber wenn wir am kommenden Wochenende telefonieren, ist das wieder vergessen. Er ist ja durch die Fahrt mit dir vom Sportwagen-Fieber befallen und die Frage nach finanzieller Unterstützung für die Anschaffung seines Traum-Porsche wird wahrscheinlich bald virulent".

„Er ist ein sehr sympathischer junger Mann", antwortete Karl, „er sieht gut aus, ist sportlich und, soweit ich das beurteilen kann, auch durchaus vernünftig. Du kannst stolz auf ihn sein. Ich denke, das bist du auch. Dass Kinder immer etwas mehr einfordern, als man eigentlich geben wollte, ist normal. Man hält das manchmal für undankbar. Völlig zu Unrecht. Wer sich im Leben durchsetzen will, muss *claimen*, immer etwas mehr fordern als man eigentlich haben will. Das eröffnet die Chance, sich zu vergleichen".

„Für das Berufsleben gebe ich dir Recht, aber innerhalb der Familie sehe ich das anders. Da muss man aufrichtig sein, auch wenn es darum geht, die gegenseitigen Interessen auszugleichen. Und in der Kindererziehung ist es unabdingbar, Grenzen zu setzen und sich nicht herunterhandeln zu lassen", meinte Marie, „Wie bist du mit deinen Töchtern verfahren?"

„Ich habe in diesem Punkt weicher reagiert, es gab wenige Situationen mit einem kategorischen Nein. Wahrscheinlich bin ich zu soft für diese Welt..."

Marie lachte und kam zu ihm: „Dann zeige mir ein wenig von deiner weichen Seite".

Dabei beugte sie sich zu ihm herunter, umarmte ihn und küsste ihn auf den Mund. Karl ließ seine Hände an ihrem Körper entlang gleiten und endete an ihren Brüsten. Diese Berührung brachte sein Blut in Wallung, er spürte wie seine Erregung wuchs und seine Lenden nach mehr verlangten. Er erforschte die sanften Wölbungen und fand, was er suchte. Marie hatte auf seine Liebkosungen fühlbar reagiert und Karl konzentrierte sich auf diese beiden Punkte. In seiner erotischen Vorstellungswelt war der Busen die Krönung des weiblichen Körpers.

Selbst im Alltag faszinierte ihn der Anblick einer Frau mit wohlgeformtem Oberkörper. Dabei war nicht der Umfang das Maß der Dinge, es kam auf die Proportion und das Gesamtbild an. Das Spektrum reichte für Karl von der schlanken Göttin der Jagd bis zur femme fatale à la Sophia Loren. Marie war die goldene Mitte.

„Oh Gott, ich muss den Herd abstellen, sonst fällt das Abendessen aus", unterbrach Marie das romantisch-erotische Momentum. Sie machte sich schnell frei und eilte zur Küche.

Nach dem Essen servierte Marie einen Espresso und bat Karl, noch etwas aus seiner beruflichen Erfahrung im Umgang mit Strafermittlern zu erzählen:

„Ich habe in meiner Agentur mit strafrechtlichen Dingen noch nie zu tun gehabt, das soll auch so bleiben, aber da ich einen Kunden in deiner früheren Branche habe, der auch in Deutschland aktiv ist, würde ich doch gerne wissen, wie das damals abgelaufen ist. Es ist immer gut, wenn ein Consulter mehr an Hintergrundwissen hat, als es im konkreten Beratungsfall nötig ist. Ist dir das unangenehm darüber zu sprechen? Dann lassen wir das".

Karl antwortete: „Nein, das macht mir nichts, zumal die Vorgänge inzwischen erledigt oder verjährt sind. Was unter meine Verschwiegenheitspflicht fällt, lasse ich einfach aus", und fuhr fort: „Ich fange mal mit einer Geschichte an, die mir eine schöne Tagesreise nach Nizza beschert hatte. Bevor der eigentliche Müllskandal seinen Anfang nahm, hatten wir schon einmal eine staatsanwaltschaftliche Durchsuchung im Unternehmen. Da wurde aber nicht gegen uns, sondern einen hohen Beamten einer Bundesbehörde in Berlin wegen des Verdachts der Vorteilsnahme ermittelt. Wir hatten für innovative Recyclingprojekte immer wieder Zuschüsse bekommen, über deren Vergabe dieser Beamte zu entscheiden hatte. Die Staatsanwaltschaft suchte Beweise dafür, dass er sich dabei die Finger schmutzig gemacht hatte. Da stand früh morgens zu Beginn der Arbeitszeit ein Staatsanwalt mit mehreren Beamten des Landeskriminalamtes vor der Tür und verlangte nach der Geschäftsleitung. Ich war an diesem Morgen der einzige Vorstand im Haus und empfing die Herren. Sie machten mich mit dem Anlass ihres Besuchs vertraut, und nachdem ich den Durchsuchungsbeschluss durchgelesen und kopiert hatte, erklärte ich unsere Kooperationsbereitschaft und fragte, was sie sehen wollten. Sie durchsuchten verschiedene Aktenschränke in den Vorstandsbüros und beschlagnahmten einige Unterlagen".

„ Und wie kamst du nach Nizza?", fragte Marie.

„Die haben in unserem Unternehmen zwar nichts gefunden, aber die Weste des betreffenden Beamten war natürlich nicht blütenrein. Die unseres Unternehmens auch nicht. Ich will den Modus Operandi auslassen, jedenfalls schien es uns bedeutsam, einen Herrn zu instruieren, der in der Schweiz ein Patent im Zusammenhang mit Müllverbrennungsanlagen entwickelt hatte. Der war in die Geschichte verwickelt und hätte als Zeuge problematisch werden können. Er saß als Pensionär in einem kleinen Dorf in den französischen Seealpen. Ich flog mit dem Beamten nach Nizza und wir fuhren von dort in das kleine Dorf. Das Wohnhaus des Pensionärs war eine Idylle mit Blick auf das Mittelmeer. Es lag im alten Ortskern und man musste in gebückter Haltung durch einen Torbogen das Haus betreten. Nachdem wir ihm die Situation dargelegt hatten, habe ich dann zum Essen in ein hübsches Restaurant eingeladen, das mir auf der Hinfahrt aufgefallen war. Mein Begleiter konnte aber weder das Essen noch die idyllische Atmosphäre des Restaurants, in dem wir im Freien und im Schatten großer Bäume speisten, genießen. Er war hypernervös, weil ich ihm unterwegs deutlich gemacht hatte, dass wir im Begriff waren, eine Verdunklungshandlung vorzunehmen, was für ihn als Beschuldigten strafprozessual Untersuchungshaft zur Folge haben könnte. Nun, das Verfahren ging für ihn glimpflich aus. Nach seiner Pensionierung arbeitete er noch in der Branche weiter und er wurde einer meiner treuen Mandanten“.

„Du sagst, da wurde nicht gegen dein Unternehmen ermittelt. Wieso konnte man denn Unterlagen einfach mitnehmen?“

„Ein Richter kann auch bei Dritten eine Durchsuchung und Beschlagnahme veranlassen, wenn es Anhaltspunkte dafür gibt, dass dort Beweismaterial zu finden ist. Wenn die *Herrschaften des Morgengrauens*, so werden die Ermittler gerne genannt, weil sie immer frühmorgens anrücken, vor der Tür stehen, muss man auf dem Durchsuchungsbeschluss als Erstes darauf schauen, ob die Ermittlung sich gegen einen selbst oder aber gegen einen Dritten richtet. Im ersteren Fall wird es ernst. Da sollte man sofort einen Anwalt hinzuziehen und vor Allem keinerlei Erklärungen abgeben“.

„Aber wenn man doch unschuldig ist...“, äußerte Marie.

„Die Ermittlungsbehörden kennen keine Unschuldigen. Du musst dir vorstellen, die haben eine solche Maßnahme mit viel Aufwand und Jagdeifer vorbereitet und ihr Wild fest im Visier. Was sie jetzt lediglich noch suchen, sind gerichtsfeste Beweise. Dieser Jagdeifer nimmt manchmal skurrile Züge an. Im Zuge unseres großen Müllskandals wurde mein Wohnhaus auch einmal durchsucht. Da standen eines Morgens vier Kriminalbeamte mit Durchsuchungsbeschluss vor der Tür.

Als ich den gegen mich gerichteten Tatvorwurf gelesen hatte, musste ich lachen. Der Vorwurf war sehr gesucht und für mich absolut harmlos. Ich fragte den Häuptling der Truppe, was er denn an Unterlagen haben wolle und er erwiderte, das wisse er auch nicht genau, er habe erst am Vorabend die Order bekommen, bei mir zu durchsuchen. Meine Frau war inzwischen auch erschienen und zunächst etwas verunsichert. Die Stimmungslage hatte sich dann entspannt, nachdem ich mich verständnisvoll kooperativ gezeigt hatte. Meine Frau war seit einem halben Jahr Nichtraucherin, jetzt aber fragte sie einen jungen Beamten, ob er Zigaretten bei sich habe, sie biete im Tausch eine Tasse Kaffee an. Die beiden kamen ins Plaudern, während die anderen überlegten, wie man nun vorzugehen habe. Sie ließen sich das Haus zeigen, schauten lustlos in Schränke und Bücherregale. Eine kleine Aufregung entstand, als sie in meinem Nachttisch eine Pistole entdeckten. Das war aber nur eine waffenscheinfreie Luftpistole. Ich wandte mich an den leitenden Beamten und sagte ihm, er könne schwerlich mit leeren Händen zu seinem Staatsanwalt kommen und schlug vor, einen alten Terminkalender und einige Kontoauszüge zu beschlagnahmen. Die lagen bereits aussortiert in der Garage. Als die Beamten dort meine beiden Porsche sahen, galt ihr vordringliches Interesse der Frage, welcher der beiden der Schnellere sei. Du siehst, der richtige Umgang mit Ermittlern und vor allem das Verständnis dafür, dass sie ihren Job zu machen haben, kann fast immer eine Situation entschärfen".

„Dann hat deine Frau sehr cool reagiert. Das hätte ich wohl nicht gekonnt", sagte Marie.

„Sie war in früherer Ehe mit einem Kriminalbeamten verheiratet, aus der Zeit hat sie sich wahrscheinlich etwas Respektlosigkeit bewahrt. Ich habe übrigens den ermittelnden Staatsanwalt später einmal getroffen und sarkastisch gefragt, ob ihm die beschlagnahmten Kontoauszüge weiter geholfen hätten. Nicht wirklich, sagte er und fügte schlagfertig hinzu, er habe nur gedacht, dass Anwälte mehr auf dem Konto hätten. Bei uns zuhause bin ich mit einem leitenden Oberstaatsanwalt gut befreundet und wir liefern uns im privaten Kreis gerne kleine Boshaftigkeiten. Als ich ihm einmal ironisierend die Erfolglosigkeit der Staatsanwaltschaft bei der Verfolgung wirtschaftlicher Machenschaften vorhielt, antwortete er mir. ‚Wir kriegen euch am Ende alle', worauf ich mit dem Spruch aus dem juristischen Repetitorium konterte *Die Staatsanwaltschaft ist die Kavallerie der Justiz, schneidig, aber dumm*".

„Das klingt fast komödienhaft, ich weiß aber von befreundeten Juristen, dass hier in Frankreich mit Polizei und Untersuchungsrichter nicht zu spaßen ist", meinte Marie.

„Das ist bei uns natürlich auch so. Ich habe bei Durchsuchungen im Unternehmen überaus konfliktreiche Situationen gehabt. Als ein Kripobeamter einmal in meinem Büro Akten herausnahm und anfing, in diesen zu lesen, habe ich ihm dies verboten. Das darf nach unserem Prozessrecht nämlich nur ein Staatsanwalt. Er musste die ihm verdächtigen Akten alle zu seinem Staatsanwalt schleppen. Die Stimmung war eisig. Als sie in unserer IT-Abteilung die Festplatten mit Daten der Finanzbuchhaltung mitnehmen wollten, habe ich lauthals widersprochen, da wir die ja für die Fortführung des Unternehmens brauchten. Nach diesem Theater hatten wir wegen der nicht vorhersehbaren Aktionen der Ermittlungsbehörde eine Strafverteidigerin verpflichtet, die sich über Monate permanent bei uns aufhielt“.

„Ist denn bei so viel Wirbel nicht das ganze Unternehmen zum Stillstand gekommen?“, fragte Marie.

„Nein, wir hatten damals etwa siebentausend Mitarbeiter. Alles war gut organisiert und jeder hat seine Arbeit unbeeinflusst verrichtet. Nur auf der Vorstandsebene wurde nicht mehr produktiv gearbeitet. Man saß fast täglich mit Anwälten und Strafverteidigern zusammen, und als sich abzeichnete, dass unser Prinzipal seine Aktien verkaufen würde, hat jeder nur noch für seine eigene Zukunft gesorgt“.

Marie merkte Karl an, dass diese Geschehnisse ihn immer noch aufwühlten. Sie legte ihren Arm um ihn und sagte sanft:

„Lass uns noch einen kleinen *Digestif* trinken und dann überlegen, ob du zu Anne und Christian gehen musst oder hier bleiben magst“.

Karl zog Marie an sich und begann, sie zu streicheln. Der Übergang von Zärtlichkeit zu Leidenschaft vollzog sich genussvoll langsam.

Als Karl am nächsten Morgen nach einem ausgiebigen Frühstück zu Anne und Christian zurückkehrte, war Christian bereits im Garten beim Bewässern seiner kleinen Gemüsebeete. Er blickte Karl gespielt streng an und sagte:

„Wenn ich jetzt dein Vater wäre, hättest du zwei Tage Stubenarrest, weil du dich nicht abgemeldet hattest. So wurde das in meiner Familie geahndet. Und mit der Ausrede, ich hätte meinen Hausschlüssel vergessen und die Eltern nicht wecken wollen, fand ich nie Gehör“.

„In meiner Familie bekommen vorlaute jüngere Brüder einen Tritt in den Allerwertesten“, antwortete Karl, „es wäre nett, wenn du mich fragen würdest, ob ich gut geschlafen habe und schon ein Frühstück hatte".

Christian lachte: „Du kannst gar nicht gut geschlafen haben. Die Bettseite am Abgrund ist nur etwas für furchtlose Bergsteiger. Und wenn du dir bei Marie kein Frühstück verdient hättest, wärst du schon vor zwei Stunden zurück gewesen".

Karl horchte auf und fragte: „Woher weißt du, auf welcher Seite der Mann in Maries Bett schläft?".

Christian schwieg bedeutungsvoll. Karl murmelte vor sich hin:

„On fait comme les frères Kennedy avec Marylin".

Karl half Christian beim Aufrollen des Gartenschlauchs, dann gingen sie ins Haus. Den Nachmittag verbrachten sie mit Lesen und hörten dazu klassische Gitarrenmusik. Anne brachte zur Kaffeezeit kleine selbst gebackene Plätzchen und sie unterhielten sich über ihre Kinder. Anne fragte nach Karls ältester Tochter, die er in früheren Jahren einmal nach Paris mitgebracht hatte. Sarah war damals sechs Jahre alt gewesen und als sie abends zum Essen ausgegangen waren, wollte Karl sie keinesfalls in der fremden Wohnung alleine lassen. Da sie im Restaurant vor Müdigkeit fast umfiel, hatten sie zwei Stühle zusammengeschoben, auf denen das Kind selig eingeschlafen war. Jetzt war sie verheiratet, hatte in Venlo und Barcelona studiert und war Karls Herzblatt. Seine jüngere Tochter, Laura, stand ihrer Mutter näher. Sie war nach deren Trennung von Karl im Haus ihres Stiefvaters aufgewachsen und hatte in Madrid und Paris studiert. Karl sah sie in Abständen, er freute sich jedes Mal auf ihre Treffen, aber er merkte schmerzvoll, dass sie ihm mit Vorbehalten begegnete. Als sie seinerzeit nach Paris gegangen war, hatte Karl sie besucht und mit Anne und Christian im Restaurant ihres Sohnes Nicolas gemeinsam gegessen. Karl hatte sich hiervon erhofft, dass seine Tochter damit schnelle erste Kontakte in Paris finden würde. Sie hatte sich danach aber weder bei Anne und Christian, noch bei Nicolas gemeldet.

Anne merkte wohl, dass Karl etwas schwer ums Herz wurde, wenn er von seiner jüngeren Tochter erzählte und berichtete, dass ihre Kinder Frédérique und Nicolas auch völlig getrennten Lebensplänen folgten und miteinander wenig Kontakt pflegten. Christian fügte hinzu:

„Das geht mir mit meiner Schwester Danièlle im Grunde genommen ähnlich. Außerhalb von Familienfesten hören und sehen wir wenig voneinander. Die Neffen und Nichten haben untereinander schon kaum noch Kontakt. Die Lockerung des Familienverbundes ist wohl eine

Folge der ungebremsten Mobilität. Man kann froh sein, wenn die Kinder ihre Zukunft überhaupt in Europa suchen".

Karl eröffnete den beiden, dass Marie ihn gebeten habe, sie mit nach Paris zu nehmen und am nächsten Tag gegen Abend fahren wollte.

„Du fährst dann wahrscheinlich durch nach Hause", sagte Christian, „aber wenn ich die Situation richtig einschätze, werden wir dich in diesem Sommer bald wiedersehen…"

Er sollte Recht behalten. Evas Apfel entfaltete sein Aroma bis spät in den Herbst. Erst als Marie Karl anbot, sie in ihrem Chalet in *Le Roc* zu besuchen, um eine gemeinsame Bergtour zu unternehmen, erinnerte er sich an seinen Alptraum und lehnte dankend ab …

Kapitel 5

Freunde im Alter

„Bonjour mon frère allemand, ich rufe an, um dir mein Mitgefühl zu deinem siebzigsten Geburtstag zu übermitteln".
Es war einer von dutzend Anrufen, die Karl heute erreicht hatten, aber diesen schätzte er besonders. Es war schon wieder lange her, dass er Christian gesehen hatte. Seit seinen häufigen Besuchen im Loiret in jenem „*Marie-Sommer*" vor etlichen Jahren war er nur noch einmal bei Anne und Christian gewesen, als er mit seiner ältesten Tochter eine Shopping-Tour nach Paris unternommen hatte. Und sie waren auch nur für eine Übernachtung bei den Freunden geblieben. Karl hätte den Besuch gerne etwas ausgedehnt, aber für seine Tochter war der

Aufenthalt schlicht zu ereignisarm; es drängte sie zum *Printemps* und den *Galeries Lafayette*, außerdem hatte eine Freundin ihr von atemberaubenden Boutiquen rund um das *Haut-Marais*-Viertel erzählt. Anne reagierte damals etwas verschnupft, aber Christian hatte Verständnis dafür, dass Karl dem Wunsch seiner Tochter nachgab.

„Nett, dass du anrufst", erwiderte Karl, „ich bin überzeugt, dass dein Mitgefühl von Herzen kommt; in zwei Wochen wirst du ja selbst siebzig. Du ahnst wahrscheinlich schon, wie man sich dann fühlt".

Christian sagte:

„Ich werde einen kleinen Empfang geben, es wäre schön, dich dabei zu sehen".

„Vielen Dank, das wäre sicher ein guter Anlass für ein Wiedersehen, aber ich kann meinen großen Hund nicht alleine lassen".

Christian meinte, das sei kein Problem, den Hund mitzubringen, aber er kannte Karls *Odin*, einen Kangal aus dem Tierheim, nicht. Dieser war schon sechs Jahre alt, als Karl ihn durch Vermittlung seiner damaligen Sekretärin kennen lernte. Der Anfang war schwierig, weil der Kangal ihm fremde Menschen als Bedrohung betrachtete und dies mit der Macht seiner Erscheinung auch deutlich machte. Aber sie wurden schnell unzertrennlich. Karl hatte schon seinen früheren Hund, einen Rottweiler heiß geliebt, aber mit *Odin* war die Verbindung wegen dessen Vorgeschichte noch enger. Ein Fest mit fremden Leuten in fremder Umgebung war ein *No-Go*. Dies erklärte er Christian und fügte hinzu:

„Du solltest mit Anne aber im Laufe des Jahres noch einmal an den Niederrhein kommen. Ich würde euch gerne etwas von den Niederlanden zeigen; die Holländer haben inzwischen vergessen, was sie unter französischer Fremdherrschaft erleiden mussten."

„Gute Idee, wir fahren nach Rotterdam, stellen uns auf den Marktplatz und offenbaren unsere Nationalitäten. Mal sehen, wer von uns beiden ungeschoren davon kommt", antwortete er lachend, „aber mit dem Besuch wird das in absehbarer Zeit schwierig. Unser Sohn Nicolas ist mit Frau und Kind nach Bordeaux verzogen, um ein neues Restaurant zu eröffnen. Da müssen wir zuerst hin. Und die Zeit, in der wir unbeschwert ins Auto gesprungen und irgendwo hin losgefahren sind, ist vorbei. Wir sind ruhige alte Leute geworden, die sich über die Wochenendbesuche von Frédérique und Alexandre mit ihren Kindern freuen. Also lass´ uns ein wenig Zeit".

Dafür hatte Karl volles Verständnis. Ihm selbst ging es ähnlich. Das Alter fordert seinen Tribut. Er hatte seine Berufstätigkeit vollständig aufgegeben, sogar vermietete Immobilien verkauft; er wollte in beschaulicher Ruhe, ohne jeglichen äußeren Zwang den Tag mit Nichtstun, das war für ihn der ausgedehnte Hundespaziergang, ein Neun-Loch-Spiel auf dem Golfplatz und im Sommer die Fahrt an die Nordsee, verbringen. Der Horizont war sehr überschaubar geworden, aber Karl war damit zufrieden. So reduzierte sich der Kontakt mit seinem französischen Freund über die Jahre auf das Schreiben gelegentlicher E-Mails. Das Thema *Besuch* blieb auf der Agenda, aber die Wahrscheinlichkeit der Realisierung nahm ab.

Karl dachte zuweilen darüber nach, ob Christian und er im Lichte ihrer Begeisterung für Europa das ihnen gegebene Potential ausgeschöpft hatten. Die Antwort war: Nein. Sie hatten es nicht geschafft, den Geist, der sie verband, auf ihre Kinder zu übertragen. Die Versäumnisse sind erklärbar: die Zeit, in der man durch rege gegenseitige Besuche die Kinder einander hätte näherbringen können, war zugleich die Zeit, in der beide Väter in der Blüte ihres jeweiligen beruflichen Werdegangs standen, die Prioritäten waren andere. Und so werden sie beide die wundervolle Geschichte, die ihre Eltern mit ihrer Freundschaft in der Besatzungszeit begonnen hatten, mit ins Grab nehmen.

Das Europa Karls des Großen droht, eine politische Idee zu bleiben, eine *Kategorie des Geistes, nicht des Seins*, wie der französische Philosoph Lévy es ausgedrückt hatte. Siebzig Jahre nach Gründung der EWG gibt der Zustand der EU Anlass zu der Sorge, dass die immerhin realen Errungenschaften dieser Idee ins Schwanken geraten könnten. Die vertraglichen Grundlagen waren auf ein westliches Europa mit gemeinsamer kultureller Herkunft zugeschnitten. Das Ausfransen dieser kulturellen Identität durch eilfertig aufgenommene Staaten östlicher Provenienz führt zu Herausforderungen, denen sich in erster Linie Deutschland und Frankreich als Nachfolger des Frankenreiches verpflichtet fühlen müssen. Ob sie dieser Verpflichtung in Form bilateraler Zusammenarbeit außerhalb der EU-Mitgliedschaft oder in Form der sogenannten *verstärkten Zusammenarbeit* innerhalb ihrer EU-Mitgliedschaft nachkommen, wird immer zweifelhafter. Die Regierungen beider Länder haben sich entfremdet. Eine überbordende

Bürokratie in Brüssel und die Unfähigkeit der jeweiligen deutschen und französischen Regierungschefs, die EU-Kommission mit einer Stimme auf sinnstiftende Aufgaben zu fokussieren, führt zum Erstarken nationaler Regungen. Karl ist von der Idee eines vereinten Europa weiterhin begeistert, begegnet der EU in ihrer derzeitigen Verfasstheit aber mit Vorbehalten. Er betrachtet die deutsch-französische Geschichte der Nachkriegszeit, so wie er sie in inniger Verbundenheit mit seinem Freund Christian erleben durfte, als eine sein Leben bereichernde Episode.